今日的佳餚

橋本紡 著

今日のごちそう

〔各篇附有料理材料清單〕

今日的佳餚 Menu

伊達卷

材料

雞蛋——五顆
鱈寶——一片
砂糖——兩大匙
高湯——三大匙
味醂——一大匙

黑田佐織年底一定會大掃除。平常她從開始放年假那天就會動手打掃，大概一天就結束，可是今年一直到年底都排滿餐會，等到終於能動手，已經是三十一號除夕了。

不過話說回來，佐織住的是套房公寓，打掃起來其實也不至於太辛苦。說到打掃，她自有一套規矩。首先由外到內，然後從高到低，再來是從北往南。因為玄關坐北、窗戶朝南。打掃順序從玄關開始，依序往南向的窗戶前進。

「妳好。」

拿著抹布擦拭玄關門時，住在隔壁房間的先生經過。年紀大概二十歲，大概跟佐織差不多。他一身輕便打扮，右手拎著便利商店的袋子。

「你好。」

她順口回應了一聲。公寓位居市中心，住戶的年齡和職業形形色色，平時在走廊上見了面幾乎不會打招呼。會寒暄兩句的，算算也只有住在隔壁的他了吧。佐織和他都是這棟公寓的老面孔，兩人從學生時代就入住。

「大掃除嗎？」

他罕見地主動搭話。

佐織沒停下打掃的手，輕輕點頭回應。

「嗯，對啊。」

「連門都擦，真仔細耶。」

「也沒有啦。」

此時她正在跟難纏的污漬奮戰，回應顯得很敷衍。沾上洗潔精、用抹布用力擦拭，還是洗不掉。唉，到底是甚麼污漬呢？有摩擦某種橡膠製品的感覺。

好像有人接近。一回神，發現他就站在身邊。

「這擦不掉的。」

「喔，真的嗎？」

「用洗潔精擦不掉的。啊，對了。」

他快步走進自己房裡。涼鞋踩在走廊的混凝土上，發出趴噠趴噠的聲音。再回來時，他手上拿著一個小瓶子。

「那張衛生紙給我。」

佐織搞不清楚他到底想做什麼，心裡只覺得困惑。他打開瓶子，用衛生紙抵著瓶口，稍微傾斜。一股嗆鼻味道飄出。啊，是去光水。看了一下瓶身，還是挺有名的牌子。

「妳看，擦掉了。」用衛生紙一擦，污漬輕輕鬆鬆就擦掉了。真是驚人。從剛剛開始就是一連串的驚訝。

「謝謝！」

佐織嘴裡道謝，心裡卻想著完全不相干的事。留下去光水的是誰？她看過幾次他帶女人回來的樣子。有些打扮得花枝招展，有些很樸實。應該是其中的某一個。

「不客氣。」

說完後，他就頭也不回地走了。這就是所謂都市中的人際關係。幫忙除掉污漬，只是一時興起吧。

她又把整片門擦了一遍，這才發現。

「啊，去光水——」

那小小的粉紅瓶子還放在走廊上，發出閃亮的光芒。這是鄰居的他，忘了帶走的小東西。

大掃除一直持續到傍晚。擦完門外，接著換門內。鞋子也大致擦過一遍，接著是廚房。瓦斯爐和流理台整理乾淨後，終於輪到主要的房間。把雜誌分成還要看、不要看兩堆。裝好曬過的棉被、換上新床罩。從洗衣店裡拿回來的衣服堆成一座小山，先將這些收進衣櫥裡。過季的短袖收進壁櫃。這些今年流行的圖案，明年不知道還能不能穿。快綻線的絲襪她毫不留情地丟掉。最後把南側的窗擦乾淨。此時太陽已經西斜。吹來的風很冷。她擦拭著窗戶，發出象徵乾淨的悅耳啾啾聲，這時砂羽來了。

「哇，變這麼乾淨！」

她跟砂羽從學生時代就認識。當時大概是十八或十九歲吧。已經是七、八年的老交情了。砂羽今天穿了和服，料子是黃綠色的大島紬織，裙襬附近點綴著紅白兩色梅花。腰帶綁的是講究的角出結，右白左紅。一身特意迎接新年的打扮。

「這是怎麼綁的啊？」

「其實沒有想像中難啊。」

話還沒說完，不愧是老交情，砂羽熟門熟路進了房，逕自坐下。

「訣竅就是用雙重綁帶吧。」

「雙重綁帶……？」

「妳不穿和服可能不懂。」

佐織也愛打扮，但是和服確實不會是她的選項。

唉呀。砂羽輕嘆。

「妳買了好東西呢。」

砂羽手上拿著隔壁留下的去光水。東西還放在桌上。佐織說明著經過，砂羽認真聆聽，接著詢問對方的長相。

「很普通啊，也不算特別帥，但穿衣服品味還不錯。」

「喔～這樣啊。」

「怎樣啦。」

「沒有啦，這是個好機會啊。」

「不是妳想的那樣啦。」

擦完窗，大掃除結束。接下來只等迎接新年了。她一邊洗手一邊問砂羽。

「今天晚上要吃什麼？」

「吃蕎麥麵好了。我們去歌劇城附近的蕎麥麵屋吧。那裡雜誌很少報導，可是味道很不錯。」

「跨年蕎麥麵，是嗎？」

「回來路上再到淺野屋去領年菜，一切就太完美了。」

舊的一年過去，新的一年即將來臨。

跟住隔壁的他往來的歷史，大概跟砂羽差不多長久。忘記是什麼時候，約莫五、六年前吧，兩人曾經擦身而過，當時兩人都是一身求職套裝。佐織正蓄勢待發要出門，他則剛好回家，顯得筋疲力盡。

「妳好。」

他先低下了頭。

接著佐織也低下了頭。

「你好。」

啊，想起來了。那時候佐織很猶豫，不知道不該搭話。比方說，去面試嗎？或者，今天還順利嗎？還是，這是第幾間？當時正好是就職冰河期，她其實很想跟經歷同樣辛苦的他多交換資訊。最後，她還是沒開口。在這種套房公寓裡，跟鄰居交情太好也麻煩，由女人主動開口，又容易被誤會……，想著想著，雙方就漸漸拉開了距離。

後來兩人都找到了工作。

隔年春天，她跟一身簇新西裝的他在走廊上撞個正著。當時流行稍寬的領帶結。佐織記得他的領帶結就很寬，看得出特別費心打扮過。佐織也一樣，身上穿的是Barneys買的套裝，兩個人都卯足了勁。

「你好。」

當時是佐織先開口的。

他之後才回應。

「妳好。」

除此之外沒多聊什麼，就這樣走向車站。雖然彼此都不是沒有機會找話講，但兩人還是都安安靜靜繼續往前走。兩人大概都剛畢業，記得當時挺直了背脊，走在路上。

快走到Lawson's那個轉角，他在那裡往左轉。好像要到參宮橋車站吧。他的新公司在小田急沿線，還是千代田線沿線呢？佐織從初台車站上了車，在都營新宿線的曙橋車站下車。

開始工作了幾年，現在他已經不再穿那種西裝，領帶結偶爾還會歪歪斜斜。看起來有幾分憔悴，儼然老練的社會人士。佐織也一樣，現在她已經不會穿 Barneys 的套裝去上班了。

「等一下！不會吧。這裡面沒有伊達卷耶！」

「什麼？怎麼了？」

打開從淺野屋拿回來的年菜漆盒，裡面的確沒有伊達卷。昆布卷啦燉菜啦還有黑豆這些吉祥菜幾乎都有，唯獨缺了伊達卷。少了伊達卷也沒什麼大不了吧，但砂羽聽了大搖其頭。

「年菜怎麼可以沒有伊達卷！」

「那我去買回來吧？」

「等等。我看一下妳的冰箱喔。喔！妳有鱈寶嘛。」

「鱈寶怎麼了？」

「可以做伊達卷啊。好！來做吧。」

「什麼……」

「伊達卷其實很簡單啦。」

實際上確實很簡單。混合雞蛋、砂糖、鱈寶、高湯、味醂，然後過篩幾次。接著倒進較大的方盤，放入一百八十度的烤箱裡。等到烤出金黃色後取出，接著再卷起來就可以了。

「我要把邊邊切掉了喔。」

「好可惜喔。」

「那要不要吃吃看。」

放進嘴裡的邊緣吃起來很甜，蓬鬆柔軟，入口即化。砂羽把伊達卷切片，將烤的最漂亮的部份裝進保鮮盒裡。畢竟已經認識這麼久，保鮮盒放在哪裡她都一清二楚。

「把這個拿去吧。」

「啊？拿去哪裡？」

「拿去給隔壁啊，跟去光水一起。跟人家道個謝，然後記得要甜美地笑喔。笑可愛一點。」

才不要呢。那樣好丟臉。對方是鄰居耶。……佐織試著抵抗，但砂羽硬是把保鮮盒和去光水塞給她，把她趕出房間。砂羽還賊賊地說，沒交給鄰居就不放佐織進房，然後關上了門，還上了鎖。這明明是佐織家啊。

沒辦法，她只好走向隔壁。右手拿著伊達卷、左手是去光水。感覺好怪。她用拿伊達卷的手指按下對講機按鈕。畢竟是小套房，隔著門馬上可以聽到對方「來了！」的回應。啊，好緊張。

好，這下該怎麼辦？

砂羽說過，要甜美地笑喔。還有，笑可愛一點。

伊勢風年糕湯

材料

小魚——五條
溜醬油——三小匙
圓年糕——六個
八頭芋——中等大小一顆
魚板——六片
青菜——兩把

屋裡沒有人聲，大概還沒人起床吧。打了個哈欠看看鐘，已經八點半了，都這個時間了，客廳和廚房裡不見人影倒挺令人意外的。鄉下的清晨開始得早。母親通常六點半就起來了。他又打了個哈欠，總之先點起暖爐。將網狀部分拿起，然後劃了根火柴靠近油芯，點起的火光沿著圓圓的油芯慢慢蔓延。看著那火光，世古口修平心裡湧起一股奇妙的情感。懷念、悲傷、寂寞。一種混雜了這一切的情感。修平離開這個家時是十八歲。他考上了東京的大學。在那之後過了二十年，他在東京生活的時間已經遠比在故鄉度過的日子更長。這暖爐早在二十年前就有。高中時的修平，曾經好幾次像這樣點起暖爐的火。之後，許多事都變了。大學畢業後的修平直接留在東京求職。當時剛好碰上泡沫經濟極盛時期，他拿到了多不勝數的內定工作，都是他一心嚮往的公司和職業。返鄉就業的選項完全被拋到腦後。後來他結婚、生子，在東京生根落地。現在也在東京都內買了房子。一直到七、八年前，老家的父母似乎都還期待他會回鄉，但不知不覺中，他們已經不再提起這件事。不，其實是有個清楚界線的。那是修平向他們報告買了房子的時候。

「是嗎。」

父親在電話那一頭說。

「是獨棟房子嗎？」

「對啊。」

「那就好。」

當時還年輕的修平，感受到鄉下地方對獨棟房子特有的信仰，心情很複雜。可以說是種反抗心態吧。但是現在回頭想想，或許自己其實也有同樣的信仰。

妻子靖子說過，其實買華廈也無所謂。她雖然沒有明講，但修平看得出她其實更偏好華廈。

真正執著於獨棟房子的，其實是修平。

「錢夠嗎？」

「勉勉強強吧。」

「有需要的話我也可以幫點忙。」

「不，還過得去。」

修平斷然拒絕了。但如果是現在的他又會如何呢？搞不好會坦然接受也不一定。面對父親，他已經不像過去那樣逞強。儘管沒有向父親拿錢的需要，但假如他接受提議，父親一定會很開心。修平自己也為人父母，現在他很能體會。父母親總是想為孩子做任何事。堅硬回絕的自己，或許還不夠懂事。

暖爐燒得紅豔豔地。他將手放在爐上，感受著些許暖意。東京的房子已經完全電氣化，靠地暖和空調來調溫。雖然輕鬆方便，不過火的溫暖還是有種難以言喻的感覺。

「啊。」修平突然心想，高中時自己也曾經穿著制服，一樣將手放在暖爐上取暖。儘管姿勢一模一樣，但除此之外，一切卻都變了。這也沒辦法，一切都是自己的選擇。人生一路走來，可說平順得出乎意料，想想近來的經濟局勢，這已經相當幸運了。沒什麼好抱怨的。怎麼可能還有任何不滿。但儘管如此，心頭還是有一股抹不去的情感。

「你也買了房子啊。」

父親的話又迴盪在耳邊。

「是啊。」

「幾坪？」

「三十多。」

「跟這裡比起來小很多。」

「那當然，畢竟是東京。」

「也對。」

那個時候，父親深深吐了一口氣。那是嘆息，或者只是單純的呼吸呢？

「你真能幹。」

從那之後，父親不再提起回鄉的事。伯父當了連續五屆市議會議員，還高升副議長。靠他的關係要找到工作並不難。再加上他過往的工作經歷，當地的金融機構也數度探詢過他的意願。但修平總是含糊其詞。他並不打算回鄉下。自從父母親不再提起這個話題，老實說，他鬆了一大口氣。

「開始吧～」

為了轉換心情，他刻意發出聲音，猛然站起。父母親應該也快醒了吧。還有一起返鄉的妻女也是。他先將水裝進茶壺，放在暖爐上。

回到老家時，是十二月三十日傍晚。他一直到返鄉前一天都在工作，在家睡了一夜之後，慌慌張張跳上新幹線。七歲和五歲的女兒開心地趴在窗前。熱海的海水讓她們驚呼，看到富士山時又更是雀躍。大概是因為沿途的亢奮，當天到達不久兩人就睡了。妻子和母親在廚房裡聊天。修平不想加入女人的對話，便和父親一起在客廳喝啤酒、看著電視裡的古裝時代劇。兩人沒怎麼說話，但一直以來也都是如此。隔天，也就是除夕那天，他帶著妻女在黃昏的街上散步。途中經過一條河。可能因為這裡近海，水又黑又濁，透著水面仍可以看見悠游的魚群。女兒們將手放在欄杆上，往下望。

「爸拔，那是什麼？」

七歲的女兒問。

有一段河水明顯地搖晃。修平站在大女兒身邊，說道。

「那是烏魚的魚群」

「咦？烏魚是什麼……」

「是一種魚的名字。牠是海裡的魚，不過在河水和海水交界的地方，牠會像這樣溯河游上來。」

「那裡也有呢！」

遠方也有一樣的魚群。

「這附近很多呢。」

小女兒從欄杆間隙看著魚群。大女兒很愛說話，不過小女兒就安靜多了。兩個都是自己的孩子，教養方式也一模一樣。但個性卻如此不同，真是有趣。他抱起小女兒，讓她看看烏魚群。

「伊勢神宮在哪個方向？」

身邊的妻子問道。

他指向北邊。

「外宮在那邊、內宮在這一邊。」

「為什麼同樣是神社，卻分處兩個地方呢？」

「我沒想過這個問題呢。而且其實不只兩個，還有更多呢。我想應該有上百個吧，這所有神社加起來，統稱為伊勢神宮。」

「有上百個！」

「應該有吧。」

「好奇怪喔。」

不管怎麼說明妻子似乎都很難理解。對於在這裡出生長大的修平來說，這些都是理所當然的事。

「要去參拜嗎？」

「喔，可以嗎？」

「為什麼不行？」

「因為明天要去新年參拜啊，不是嗎？」

「今天去也沒關係啊。」

「有人除夕夜去參拜的嗎？」

「對啊。」

「這樣好像就沒那麼特別了。」

妻子偏著頭。對她來說，到神社參拜大概是種慎重的儀式吧。不過在這附近，甚至有人幾乎天天到外宮參拜。其中有人是出於信仰去參拜，但也有人純粹當作散步。神宮已經在這片土地上生根，不再是特別的存在。而妻子似乎無法體會這種只有當地人才能懂的感覺。

「那就明天再去吧。」

他繼續抱著小女兒，沿著河邊走著。兩個女兒一看到魚群，就會大喊著「有烏魚！」

「欸，我問你，在這種古老城市裡長大是什麼感覺啊？」

隨性漫步的妻子看起來格外年輕，宛如高中生一樣。

「我從小就住在都會的公寓裡，總覺得這種生活好難想像喔。」

「以前我總覺得自已住在世界的邊緣。這裡勉強能接收到東京的廣播節目，高中時我很愛聽廣播。」

「東京其實也不是什麼大不了的地方。」

「那是因為妳在東京長大。我一直很嚮往東京。」

「還真奇怪。其實我很想在這個地方住住看。但是你一定不願意吧。我們兩個感覺剛好相反呢。」

結果他們並沒有到神宮參拜，直接回家去。跟父母親一起吃了跨年蕎麥麵，喝喝啤酒，看著電視上的紅白大對抗。平常九點就寢的女兒們，在除夕夜這個特別的日子裡，直到深夜還沒睡。等到時鐘過了十二點，大家互道新年快樂。小女兒似乎覺得這很有趣，不斷重複說了好幾遍。那個樣子逗笑了父母親。看來孫兒——尤其是孫女，遠比兒子可愛多了。

「開始吧。」，修平心想。既然沒人起床，就自己動手做些什麼吧。他獨居的日子長，簡單的東西難不倒他。現在是新年。對了，那不如來煮個年糕湯。首先從找鍋子開始。住在老家時幾乎沒下過廚，什麼東西放在哪他一概不知。開開關關好幾扇櫥櫃門才終於發現。在鍋裡裝了水、點上火。正要丟進柴魚片煮高湯時，突然憶起母親的做法。母親在漁港長大，總是習慣用小魚乾熬高湯。在母親長大的地方，家家戶戶都常備有熬高湯用的小魚乾。這東西倒不難找，就放在冰箱裡。打開冰箱時，他還發現了煮熟的八頭芋，其實就是塊頭較大的小芋頭，已經剝了皮。應該是母親為了今天的年糕湯備的料吧。他在鍋裡丟了五條小魚乾，慢慢熬煮。機會難得，不如多下點功夫。他又拿了另一個鍋子汆燙青菜。燙好之後取出小魚，然後在鍋裡加進醬油……不、要加溜醬油。溜醬油是這個地方特有的醬油。比關東的醬油甜味更重，味道也更濃。顏色雖然很黑，但吃起來卻一反外觀所帶來的印象，並不太鹹。他憑感覺倒了點進鍋裡，高湯和溜醬油交融，散發出美味的香氣。把小指放進鍋中，舔了舔，然後又添了點溜醬油，再次舔了舔。差不多這樣吧。用的年糕是圓型小年糕。趁著小烤箱烤年糕時，修平坐在桌前呆呆望著廚房。沿著牆壁設置的調理台，還有老式熱水器、餐具櫃，一切都如此熟悉。但現在卻距離這麼遙遠。他有種偷偷潛進別人家的感覺。

其實也沒錯。畢竟自己已經離開二十年。這裡已經不再是自己家了。連鍋子放在哪裡都不知道。想著想著，年糕已經烤好了。這樣就幾乎大功告成了。再來就剩下紅白色的魚板。等大家起床，再把料加進湯裡就行了。

「啊，對了！」

就在這時，他回想起來。一般關東的吃法會在吃之前把料放進湯裡，再稍微加熱。不過母親總是很早把所有料都丟進湯裡，把年糕也熬得軟爛。這可以說是伊勢特有、或者該說母親特有的煮法。修平站了起來，把所有料都丟進鍋中。用小火慢燉細熬。這種煮法雖然一點也不高雅，不過吸了飽飽的湯汁和溜醬油的料，看來真是好吃極了。

「早～」

聽到聲音，他轉過頭去，女兒們站在身後，兩人都還穿著睡衣。小女兒還睏倦地揉著眼睛。

「媽媽呢？」

「馬上過來。」

「那妳們倆去幫忙叫爺爺奶奶起床吧。」

話還沒說完他就聽見聲響。先是父親的聲音，然後是母親。正走下樓梯的應該是妻子吧。

修平對女兒們說。

「那大家一起來吃年糕湯吧。」

許多東西都漸漸消失。不過，唯有這個味道，還留存在這裡。

黃豆

材料

黃豆——二十七顆

節分到了，來炒豆子吧。搭配現在的歲數，共二十七顆。一顆一顆數著，途中掉了兩三顆，還小氣巴拉地撿回來。二十七顆，一粒不少。裝進杯裡看起來意外地少。只在杯底積了淺淺一層。就這樣啊。

「只有這些？」

嶋崎真人喃喃唸道。原來二十七根本不是什麼了不起的數字。還是個毛頭小子。一方面覺得鬆了口氣，但同時，對這個還沒真正長大的自己又覺得有些幻滅。正打算開始煎，真人又愣住了。該用深鍋好、還是平底鍋？直接放在火炒、或者不需要？平常不怎麼下廚的他完全無從判斷，只能瞪著豆子空煩惱。

唉，其實炒不炒豆子根本也無所謂……。

這樣糾結了一會兒，他漸漸開始覺得麻煩。現在為這種事心煩的二十七歲獨身男子，除了自己還會有誰？

阻止他把豆子丟掉的是一種邪念。

今天是假日，但難道不可以用這個當藉口，打電話給小茜前輩嗎。畢竟這些豆子是她送的，她自己也說過，要是不知道怎麼處理大可打電話給她。咦？真人心想。該不會，小茜前輩也期待我打電話給她吧，所以才送了我豆子？不不不，別往自己臉上貼金了。小茜前輩其實意外地有些天然呆，說不定她壓根沒有這種想法。

「該怎麼辦好呢。」

真人拿著行動電話，不自覺脫口而出。他手機裡有小茜前輩的號碼。打開通訊錄，選擇了標示為「公務往來」的檔案夾，按下第三個號碼，馬上就能接通電話。

猶豫。

煩惱。

思考。

真人還沒下定決心，先按下了通訊錄按鈕。他操作著十字按鍵，打開公務往來的檔案夾。第三個就是她的名字。柴本茜。跟他同一課、早他三年進公司的前輩。個性強勢、工作幹練，又長得漂亮。公司裡流傳著她的英勇事蹟，聽說她才進公司第二年，就直接找上謠傳可能是下一任社長的董事談判，因此通過了一個重要案件。而當時她強勢推動的案件，後來成為帶來百億營業額的暢銷商品。儘管還很年輕，但大家都看好下次的人事調動中，可能會提拔她為課長。她作風強硬，在公司內樹敵不少，不過也吸引了同樣多的夥伴。

大叔殺手。

有些人暗地裡這麼叫她，這話裡有正面誇讚，也有反面貶義。身為她的部下、同時也是信徒的真人，只覺得這種評價來自別人的忌妒。畢竟，為公司帶來百億年營業額，確實是她的功勞。而無法帶給公司同等獲利的人，不管嘴上說什麼，聽起來也不過是喪家之犬虛張聲勢的吠聲罷了。

既然如此，真人心想。

假日打電話給這樣的對象恰當嗎？是不是公私不分了呢？說不定她正在和很重要的人見面。對方可能是IT業界名流，就算不是，至少也是廣告業界的精英吧。像自己這種小角色，還期待對方認真看待，根本想得太美。「可以打電話給我」，她那句話，可能只是一般的客套話而已。

真人把行動電話放回桌上，拿起裝了豆子的杯子。二十七顆豆子。經歷了這麼多年歲，現在的自己在旁人眼中已經十足成熟，不過腦子裡想的事還是跟高中時沒什麼兩樣。真人搖了搖杯子。二十七顆豆子在杯裡晃動，發出喀啦喀啦的聲音。

先上前搭話的是小茜前輩。

「嶋崎啊，你平常下廚嗎？」

剛好是午休時間，他走在公司走廊上，轉過頭去，眼前是自己仰慕的女上司。公司的風氣保守，但是她卻染了一頭明亮髮色，身上穿著強調腰線的合身套裝。換做是其他女員工或許會被警告。不過在儀容方面大家卻默認了小茜前輩的風格，因為她確實靠自己的行動做出成績，而且也深受公司高層賞識。從沒有人公開說她壞話，當然背地裡的閒言閒語自是少不了。

「會啊。」

真人撒了謊。其實他除了泡麵之外，根本不會做菜。但那勉強也算得上是一道菜吧。

「那這你拿去吃吧。」

「這什麼？」

「豆子啊，黃豆。」

她遞過來一包裝在塑膠袋裡的豆子。

「黃豆？」

「這事說來話長。」

「喔，怎麼了嗎？」

「這是客戶公司窗口送我的，量不少呢。我看至少有三百顆。我們彼此對現在正在談的案子進行方式意見不合，我覺得他根本故意諷刺我。你也知道，我在他們面前一副神氣活現的樣子，他應該是故意挖苦我。覺得我這麼霸道，根本像足足活了三百歲吧。」

「沒有啦，我想他應該沒有想那麼多啦。」

真人急忙緩頰。

「應該只是隨便分的啦，我想他沒有其他意思。」

「喔，可能吧。」

「真的啦。」

「是我多心了嗎？」

小茜前輩的表情顯得有些無助。真人看了實在不忍心，他用力點點頭，希望能讓對方打起精神來。

「一定是妳多心了。」

他的聲音裡不知不覺更用了幾分力。

小茜前輩爽朗一笑。

「也對。我幹嘛在意這些小事。」

「當然啊。」

謝囉。道完謝後她笑了。

「跟你說完之後心情好像輕鬆了一點。」

「哪裡……」

「給你的我已經分好了。我記得你今年二十七歲吧？剛好二十七顆，都裝在袋子裡了。」

他慌張地接過，這時其他部門的課長剛好經過。課長一看到小茜前輩，便停下來跟她說話。他們兩人的對話中只聽到一堆這個那個的代名詞，沒說起具體事件，真人聽得一頭霧水。當他發現自己杵在當場好像有點礙事後，使試著悄悄地離開。手裡拿著那裝了豆子的袋子。假如就這樣跟小茜前輩道別，或許他會隨手丟掉這些豆子吧。沒想到，小茜前輩卻刻意追上來。

「那些豆子你要是不知道怎麼弄記得來問我。現在還是生的，不能直接吃喔，會吃壞肚子的。記得炒過之後再吃。」

「要炒過啊……」

「對，要加熱才行，不然不能吃，不懂就打電話給我。」

被晾在一旁的課長老大不高興。一看到他的臉，真人又感到一種難以言喻的幸福。

「真的可以打電話給妳嗎？」

當然囉。她點點頭。

「隨時都可以打給我，炒豆子的方法我還懂。」

喀啦喀啦——。真人搖著杯子。接下來該怎麼辦好呢？那些話很可能是客套話，還是別打的好。不過此時刻意打這通電話來確認對方反應，也是一種方法。

沒錯，真人心想。

總之，不如把這件事當成一種交涉。這是算計。兩人之間到底有沒有譜，這不正是個確認的好機會嗎？如果她的聲音聽起來很不耐，就表示沒什麼希望。自己大可拋棄所有奇怪雜念，徹底當個忠心部下。反正原本就知道自己高攀不上。但如果對方接電話的聲音開朗愉悅，說不定還有幾絲希望。

一想到這裡，他頓時覺得心情輕鬆了些。他並不覺得能輕鬆獲得小茜前輩的青睞，但總可以向對方表達自己的心意吧。像小茜前輩這種人，一定有很多心儀她的對象，對於如何拒絕別人想必早有一套方法。她一定能乾脆俐落，又不傷害對方地拒絕。

沒錯，其實門檻並不高。不，與其說門檻，或許該說是風險吧。

真人腦中盤算著這些，手拿杯子，又搖了搖。二十七顆豆子發出喀啦喀啦的聲音。他放下杯子，拿起行動電話。想了想，又把電話放下，再拿起杯子。就這樣重複了好多次同樣的動作，本來覺得自己心意已決，可是一回神，將近三十分鐘就這樣過去了。

他搖了搖杯子。

裡面一顆一顆的豆子，象徵著自己一年一年走過來的軌跡。

「好！」

為了給自己打氣，他故意大聲地喝了一聲。真人放下杯子，拿起行動電話。按下通訊錄，開始操作十字按鍵，往下按兩次，按下一次確認鍵，再往下按三次。柴本茜這幾個字顯示在小小的畫面上。到了這個關頭，他還是猶豫了一會兒，最後真人終於按下通話鍵。鈴聲響起，一次、二次……啊！好緊張……三次、四次……。真希望乾脆轉語音留言算了。但是他又很希望對方接起電話。到底哪種心情才是自己的真正期待？

她到底是朵開在山巔遙不可及的花，或者是只要努力伸手，就能摘下的花呢？

真人右手拿著行動電話，左手拿著杯子，那個放了二十七顆豆子的杯子。他又搖了搖，豆子發出聲音，就像真人心臟的跳動一樣。鈴聲響到第五次。接著是第六次、第七次——。

真人突然有個疑問。

這到底是戀愛，還是憧憬？

唬人的培根奶蛋麵

材料

義大利麵——三百公克
雞蛋——兩顆
牛奶——一杯
奶油——三十克
鹽——十克

她沒哭，只是擦過眼角的指尖有點濕了而已。從椅子上起身，走進洗臉台洗了把臉。水可以冷卻許多東西。啊啊，終於結束了……。鈴木千鶴領悟到，接下來只需要慢慢花時間讓一切消失。儘管難過，但她覺得這樣也好。這段關係本來就沒有未來。身邊每個人都反對，還有人一聽到對方的名字，就頓時蹙眉。她不只一次兩次聽別人勸她別再繼續。不怪別人，畢竟千鶴自己也有這種想法。

抬起頭，看到映在鏡子裡的自己。洗臉台上蒼白日光燈照射下的身影已不再年輕，但也說不上成熟。眼角附近還看得出她優柔的結果。拿出一條新毛巾，擦擦臉。說到這裡，她發現不知從什麼時候開始，化妝品的種類增加了。其中大部份是保養品。心態上還沒完全成熟，不過肉體的青春卻已經開始失去。算了，就別用這些曖昧的字眼了。身體已經開始衰老。到底是怎麼一回事呢？她一邊想，一邊離開洗臉台前，這時玄關的門開了。

「我回來了。」

弟弟懶洋洋地招呼著，進了家門。他比千鶴小兩歲，在家電廠商上班，工作好像非常忙，總是搭最後一班電車回家。千鶴又用毛巾擦了把臉。

「回來啦。」

「累死我、餓死我、睏死我。」

弟弟粗魯地脫掉鞋，走進走廊。經過千鶴面前時瞥了她一眼。

被發現了嗎？不，應該不至於吧。

「手好痛、眼睛好霧、肩膀好痠。」

千鶴一邊聽著他抱怨，一邊跟在他身後走。弟弟說話語氣就像個任性的孩子，但說話內容卻像個老頭子。

「你也上了年紀呢。」

「啊，為什麼？」

「你不是說眼睛很霧嗎。」

「從早開始一直盯著電腦畫面，怎麼可能不霧呢。不要把一個二十多歲的年輕人當作老頭子看待。」

「站住。」

「為什麼？」

「你站住就對了。」

大概是震懾於姐姐的權威，弟弟馬上停住了腳步。她看著弟弟的背影，點了點頭。

「你的背影看起來確實不像二十幾歲的人。」

「哪有！」

「整個人很滄桑啊，駝背又嚴重，還有你的肩膀，整個無精打采、又垂又頹。」

弟弟眼光怨憤地看著千鶴，什麼也沒說。最後他嘆了一口氣，又往前走去。這公寓不怎麼大，走沒兩步就是廚房。弟弟從冰箱裡拿出大寶特瓶裝烏龍茶。右手拿著寶特瓶，再拿出杯子，坐在椅子上。咖啡色的液體剛倒進杯中，他馬上一口飲盡。接著又倒滿了空杯，這次他只喝了一口就放回桌上。

「總覺得好沒勁喔。」

「為什麼？」

「我的生活裡只有工作啊。工作到這個時間才下班，也沒時間出去玩。假日通常都整天睡覺。」

「嗯。」

千鶴曖昧地回應，拿起弟弟的杯子。以前她不喜歡跟弟弟用同一個杯子，但現在已經覺得無所謂了。嘴裡含的烏龍茶有點苦澀。

手裡拿著杯子，她坐在弟弟對面的椅子上。

「我是不是該辭掉工作呢？反正這工作薪水也沒多少。妳也知道吧，我們公司薪水只有同業其他公司的八成左右。」

千鶴漫不經心地聽著，又喝了口烏龍茶。那苦澀的味道漸漸不明顯，只留下冰涼。吞進去後，可以感受到液體沿著喉嚨而下。然後有種胃部緊緊縮起的感覺。

她並不打算多說什麼。這種牢騷也不是第一次了。弟弟其實沒那麼認真。就算現在辭職，也不見得能找到條件更好的工作，條件更糟的可能性反而比較高。再說，就算薪水不高，好歹也是知名廠商。看在只是派遣員工的千鶴眼裡，甚至覺得羨慕。

可能是喝了冰涼的東西吧，胃開始蠢動。這時她才發現，仔細想想，從中午到現在自己什麼都沒吃。

「我好像有點餓。」

「啊，我也是。」

「你沒吃晚餐嗎？」

「有啊，吃牛丼。我們幾個同事猜拳，由輸的人出去買。大家都沒時間出去吃啊。」

弟弟把手伸過來，意思是要她遞出杯子。畢竟是姐弟，光看動作大概就能了解對方的意思。

「我來弄點什麼吧。」

千鶴站起來。

「果然是大姐！」

「簡單的就行了吧。」

「任何東西我都會滿懷感恩地享用！」

弟弟的笑臉還能看出些許小時候的樣子，大約小學時候吧，不過弟弟已經不是小孩了，自己當然也一樣。

心裡有些奇怪的感覺。

她在鍋裡裝滿了水，放在較大的爐口上。一時找不到鍋蓋，先放上平底鍋用的大蓋子。

「能等十五分鐘嗎？」

「啊？什麼？」

弟弟好像在發呆。千鶴又重複了一次。

「大概要花十五分鐘。」

「知道了。」

她跟弟弟一起生活已經很久了。千鶴先來到東京，兩年後弟弟也來了，兩人都是為了上大學。一起租房子租金比較便宜，還可以住在方便一點的地方，所以選擇了同住。而這也是金主……也就是兩人父母的期望。父親只是個小上班族，送兩個孩子到東京念大學並不容易，千鶴也漸漸懂事。家裡的車已經很老舊，但父親並沒有換車。他總是碎唸著車況不好，但還是仔細小心地開著老車。弟弟原本想一個人住，但聽到千鶴說這些事，只說了聲知道了，很快就接受這個事實。雖然他嘴上倔強，不過其實是個心地很善良的孩子。

「你現在工作內容是什麼啊？」

「溫度管理處理器。」

「啊？什麼？溫度……什麼……」

「溫度管理處理器。這是一種可以自動調節冰箱溫度的感應器，也包含其中的演算邏輯，可以避免蔬果室過冷。這是我們公司自己開發的專用零件。我們在節能減碳上費了不少功夫呢。」

「原來還有這種工作啊。」

「是的沒有錯，這個世界上的每種東西，都是由人做出來的呢。無論是電風扇的馬達、日光燈管，或者桌腳，都是人所做出來的。而小弟我呢，做的就是這種冰箱的溫度管理處理器。」

他用字格外客氣，根本是故意的。千鶴忍不住笑了出來，但轉過頭去，弟弟臉上卻寫著濃濃的倦意。

辛苦你了。千鶴說道。

「如果真的能達到節能減碳，對地球很好啊。」

「是啊。」
「而且應該也能帶動你們公司業績吧。」
「啊，真是的。」
「又怎麼了？」
「我竟然讓姐姐來安慰我，真沒用！」
「那你去找女朋友安慰你啊。」
「明知道我沒有。」
「沒有就交一個啊。」
「話說得簡單。那妳呢？交往得還順利嗎？」
「沒有。分手了。」
「是喔。」

她拿出一個深盤和兩顆新鮮雞蛋。不想用大碗，直接把蛋打在盤子裡，用叉子直接攪拌後，再加進牛奶，多放些奶油。最後是鹽巴。舔了舔味道，發現有點淡。又加了半匙左右的鹽巴。奶蛋醬完成時，水也煮開了。打開義大利麵的袋子，隨手抓了一把丟進鍋裡。這樣是一人份。接著又抓了一把。

「義大利麵嗎？」

「對，這是唬人的培根奶蛋麵。」

「唬人……？」

「其實應該要用帕馬森起司或者是鮮奶油。但家裡總不可能經常有這些東西。這兩種東西都很容易壞。所以呢，就直接拿冰箱裡現成的東西，做出類似的味道。」

「原來如此。」

「如果覺得光用雞蛋和牛奶味道不夠濃醇，就可以再加點奶油。這樣吃起來就很接近用鮮奶油做出的味道。」

「真厲害。」

「是吧。」

「誰教妳的？」

千鶴沒回答。答案一浮現在腦中，她就發不出聲音。

弟弟好像也察覺到了。

「對不起，當我沒說。」

水煮開了。義大利麵在鍋中跳動，她的心也隨之搖擺。

過去的某一段光景浮現在心中。

「這就是所謂的單身料理。」

他說道。需要的道具只有一只鍋、一個盤。

「做起來不用太講究。」

「那是因為你已經習慣了吧，看你手勢那麼熟練。」

「因為我自己下廚的日子很長嘛。」

她聽說對方有太太，也聽說他們並沒有一起生活，但並沒有聽說其中的原因。

「就快好了。」

「嗯。」

「味道我保證，妳好好期待吧。」

他的笑臉很溫柔，千鶴也真的滿心期待。不光是這道菜，還有其他的東西。像是溫暖、心意，還有其他許多許多。

而這些，全都被背叛了。

趁麵還留有一點芯時倒進濾盆裡，把熱水都濾乾後，再倒回同一個鍋子裡。將盤子裡做好的奶蛋醬倒進來。作法真的很隨便。開小火，用叉子拌勻，轉眼就完成了。把其中一半裝在剛剛製作醬汁的盤中、另一半放進別的盤子裡。灑上黑胡椒粒，端上桌。

「請用。」

「喔，看起來真好吃！」

弟弟唏哩呼嚕大聲吸著義大利麵。

「喂，你在外面不會這樣吃東西吧？」

「都是男人的時候會啊。」

「如果有女孩子呢……」

「那我會吃得規矩一點，不會發出聲音的啦。不過像這樣不顧形象地吃，感覺更好吃呢。」

「味道怎麼可能不一樣。」

「真的不一樣啦。」

千鶴將麵送進嘴裡，小心不發出聲音。明明是偷工減料的料理，但是卻一樣好吃。將來應該不會再跟他見面了，不過這道唬人的培根奶蛋麵應該會持續做下去吧。也許將來下廚時都會想起他，心裡不免有些惆悵。

「欸，我可以說實話嗎？」

「可以啊，你要說什麼？」

「其實我覺得鬆了一口氣，我不知道妳是怎麼想的。但是，我覺得妳跟他分手是正確的決定。」

弟弟唏哩呼嚕吸著義大利麵。千鶴也試著用同樣的吃法。

「真的耶。」

「啊？什麼？」

「你說的沒錯，這樣吃起來真的比較好吃。」

「我就跟妳說吧。」

其實。千鶴心想。弟弟和自己，或許都還蠻成熟的。

鮟鱇魚鍋

材料

鮟鱇魚塊——兩百公克
白菜——半顆
蔥——三根
豆腐——一塊
香菇——四朵
紅蘿蔔——中等大小一根
蒟蒻絲——一包

這是他第一次到家裡來。兩個人的補休剛好都在平日的同一天。藤田佳代很緊張，三天前就開始打掃。地上連一本雜誌都沒有。前一天還用抹布擦了地。雖然有些滑稽，但是她並不討厭正在談戀愛的自己。看著整理得乾乾淨淨的房間，臉上還會忍不住露出笑意。

「整理得好乾淨啊！」

敦站在房間正中間，滿心佩服地說著。

她有點高興，又覺得好難為情。

「跟我房間完全不一樣呢。」

「不一樣？哪裡不一樣？」

「我房間亂七八糟的，走在房間裡得一直避開垃圾。不過這裡可以筆直地走呢！」

敦天真地笑著，走到房間後方又走回來。

「妳看，我可以筆直來回走呢，真好！在我房間裡才不可能這樣走呢。」

睡前兩人看了DVD。敦帶來的香港喜劇片，從頭到尾都在搞笑，雖然有趣，但佳代也覺得有點掃興。怎麼不挑有情調一點的片子呢？

「唉呦，笑死我了。」

敦看起來很滿足，看起來就像隻蜂蜜色的黃金獵犬一樣。看到他那天真的笑臉，苛責的念頭就消失得無影無蹤。

敦是公司往來廠商的業務員。

「早！」

他來公司時總是開朗大聲地打招呼。可能因為從小就加入運動類社團，所以總是精力充沛，跟任何人都能很快打成一片。

「喔，你來啦。」

高中曾是橄欖球健將還打進花園球場參加全國大賽的課長，好像很喜歡敦。

「這次打算叫我買什麼？」

「嗯，讓我想想。」

敦嘴裡說出的是他公司產品中最昂貴的東西，課長故意露出驚訝的表情。

「你這傢伙！要買那麼貴的東西，我可得上簽呈給社長呢。」

「我保證給您划算的折扣！」

「那不如來個半價吧。」

「不不不，您饒了我吧。」

兩人都是大嗓門，爽朗地笑著。他們之間的節奏是向來避開陽光型男孩的佳代所難以理解的。

而這個自己無法理解的人，竟然突然對她告白。

「請跟我交往！」

看著佇立在自己面前僵硬不動的敦，佳代實在很難開口拒絕。自己已經單身了一陣子，上一段戀情的傷口也已經癒合，差不多是開始想嘗試新對象的時期了。

「喂，佳代。」

「什麼……」

「起床吧，已經中午了。」

硬是被對方叫醒，睜開沉重的眼皮，這時已經十二點多了。身體覺得有點沉重。但這股沉重卻也有些舒服。想起昨天晚上，她不覺漲紅了臉。真希望敦這時過來親吻自己。

不過他卻笑著說。

「要不要去水戶？」

佳代一時沒聽懂。水戶在哪裡？她睡意還濃，無法仔細思考。地圖過了一會兒才浮現在腦中。記得是在茨城縣吧。

「水戶？你是說茨城縣的水戶嗎……？」

「對啊。我剛剛用手機搜尋了，搭特急只要一個多小時就到。」

「為什麼要去水戶？」

「我們先去看梅花。」

「梅花……」

「然後去吃鮟鱇魚鍋。」

「鮟鱇魚……」

「梅花很漂亮喔！鮟鱇魚很好吃喔！」敦說道。

「妳看，我這點子不錯吧。」他笑著。

「沒時間了。四十分鐘之後不出門就趕不上特急列車。」

從現在開始得梳頭、化妝、挑衣服，可能來不及。佳代頓時一陣慌。她心裡原本描繪的是另一副情景。

兩人裸身相擁，在床上賴到中午，然後吃一頓稍晚的午餐——。

而這個計畫現在已成泡影。在敦的催促之下，她匆匆下床。因為花了太久時間化妝，到車站時幾乎是狂奔下樓的。總算在千鈞一髮之際衝進車廂裡。佳代低著頭，上氣不接下氣地喘著。糟糕，忘了穿絲襪。上半身和下半身的顏色也不搭。雖然說出門倉促，但這樣的搭配實在太糟了。她開始在意起同性的眼光，連忙扣起外套鈕扣。

水戶車站前有水戶黃門和兩位助手阿助阿格的銅像，雖然佳代一直表示不用了、很丟臉、不要這樣啦，但還是拗不過敦，在銅像前拍了照。敦將行動電話交給路人，請路人幫忙按下快門。

「謝啦！」

敦向對方深深低下頭。幫忙拍照的大叔問。

「來觀光的嗎？」

「是啊，來看梅花的。」

「梅花還太早了吧。」

「啊，是嗎？」

大叔的話確實沒錯。兩人到偕樂園去，不過梅花根本沒開幾朵。只有幾棵早開的樹上綻放了一些。

開始起風了，佳代覺得全身冷到骨髓。

「我們去吃鮟鱇魚鍋暖暖身子吧。我找到很好吃的店喔。」

佳代覺得敦的提議來得正是時候，沒想到好不容易來到門口店卻沒開。敦用行動電話查了兩三間，每通都轉進語音留言。這個時期能吃到好吃火鍋的店，似乎平日都不營業。

這個人做事為什麼這麼沒有計劃性呢？硬是把自己拖出門，卻連店有沒有開都沒先確認。早知道就待在家裡，還能自己下廚。食材家裡都買好了。有一大堆蔬菜和吃不完的肉。如果待在房間裡，兩人一定能吃得滿腹、開心說笑。

可是現在兩個人卻在寒空之下冷得發抖。

佳代好想嘆氣，但他卻先吐了一口氣。沒錯，他深深嘆了一口氣。

「我真是沒用。為什麼老是這麼不順利？本來想讓妳開心，藉此扳回一城的。」

「扳回什麼？」

「我工作上出了紕漏。我竟然把客戶給的訂單丟在桌子下忘了，幸好部長發現，但他狠狠罵了我一頓。」

「後來沒事了嗎？」

「多虧部長跟批發業者低頭道歉，才趕上出貨期限。」

「那就好了嘛。」

「才不好呢。是我害部長向別人低頭的，我真是糟糕。」

啊，原來這個人現在情緒很低落。他把手插在外套口袋，低下頭，視線在空間中不斷游移。

「今天也是糟糕透頂。梅花沒開，又吃不到鮟鱇魚。」

他眼睛看起來有些濕潤，難道是自己多心？

「梅花看到了啊。」佳代心生不忍，說道。

「只有一點點。」

「但是很漂亮，稀稀疏疏的梅花也很美啊。」

「是嗎？」

「那些樹上都掛了牌子不是嗎。烈公梅啊、白加賀啊。有時候隨興所至也不錯嘛。欸，我們回家吧。家裡有食材，可以吃點熱的。下次再來吧，反正還有很多機會挽回。」

最後這句話說的到底是鮟鱇魚鍋？還是工作？或者是人生呢？佳代自己也不清楚。

「是嗎？」

「是啊。」

佳代又強調了一次。

「一定能挽回的。」

等回程電車時，兩個人走在車站大樓裡。走著走著來到地下室，在生鮮賣場裡竟然看見切塊的鮟鱇魚肉。

「超市竟然有賣。」

「看起來好好吃喔。」

「是啊，很新鮮呢。」

店裡的大叔說願意半價出售，可能是快打烊了吧。兩人買了鮟鱇魚，搭了一個多小時的電車回到家裡。蔬菜原本就有，不消多久就煮好了鮟鱇魚鍋。

「我要打開蓋子了喔！」

佳代的語氣刻意開朗，試著想鼓舞他。鍋裡冒出白茫茫的蒸氣。

「味道好香喔～」

「真的呢，看起來真好吃。」

「開動吧！」

兩人夾起鮟鱇魚肉，送進嘴裡。魚肉很結實，但是咬了幾下就化在口中。

「咦，好神奇喔。」

「真的耶，太厲害了。」

「好好吃，這種口感真不可思議。」

「很好吃耶。」

她希望敦能笑得更開心。

「鮟鱇魚肝很好吃吧？」

「聽說很好吃。」

「你吃過嗎？」

「沒有。啊，找到了！是這個吧。」

「你先吃吃看，這種東西得先讓男人試試看才行。」

「不會吧？拿我試毒嗎？」

嘴裡這麼說，敦還是將鮟鱇魚肝放進嘴裡。一吃完他臉上頓時綻放笑容。

「喔！」

「怎麼樣怎麼樣？」

「喔！」

「到底怎麼了嘛。」

「佳代，妳的我也幫妳吃吧。」

佳代當然拒絕了。放在舌頭上的鮟鱇魚肝馬上融化在嘴裡。鮟鱇魚肝的味道溫暖滑潤，令人難以抗拒。

「鮟鱇魚真好吃。」

「我們真幸運。要是沒有經過地下樓，就買不到這些了。」

「對啊，我們兩個運氣真好。」

「沒錯沒錯，真是好運。不過，下次我們還是好好到餐廳裡吃一頓吧。我會事先查清楚的。」

「那就拜託你了。」

「包在我身上！」

兩人隨口說著，繼續吃著鍋裡的鮟鱇魚。吃完時，兩人的臉頰都已經染成一片緋紅。全身暖到骨子裡。

「身邊有人一起，感覺東西更好吃了呢。」

「對啊，真好吃。」

「在家裡吃東西也覺得更好吃。」

「就是啊。」

敦剛剛說，「家裡」。他把這個房間稱為家。佳代覺得莫名開心，眼角微微發熱。

賞花便當

材料

白飯——兩杯
雞絞肉——一百五十公克
雞蛋——兩顆
馬鈴薯——中等大小一顆
南瓜——1／5個
鰈魚——半片
油菜花——一把
蜜柑——一瓣

丟掉這份工作，一半是出於自己的任性，另一半早有心理準備。總之，生活變得更加拮据。

「呼～」

岩本和壽看著存摺。夫婦兩人的收入向來合併計算，所以存摺上記載的數字就是現在手頭所有的財產。

「怎麼了？」

正在看雜誌的妻子問道。她身上穿著細格連身洋裝。這洋裝好像是她國中時買的。體型從當時到現在都沒變。向來喜新厭舊的和壽心想，她還真會留東西。

「妳都沒想過要丟嗎？」

以前好像曾經問過她。

妻子回答得很乾脆。

「還能穿啊。」

「現在已經沒人會穿這種衣服上街了吧。」

「家居服嘛，沒差啊。出門的時候我會換掉啦，這點常識我還有。這樣總行了吧。還能穿的衣服就這樣丟掉，未免太浪費，而且這衣服也太可憐了。」

如果她只說浪費，或許和壽還會試圖反駁，但「可憐」這兩個字卻打動了他。萬物都有靈魂——。確實是日本人特有的思考方式。從那時起，和壽也開始捨不得丟衣服。反正生活貧困，這樣正好。身上穿的襯衫袖口已經磨損，掉了的鈕扣又重新縫上。有幾件襯衫上還排列著完全不同的鈕扣。

襯衫鈕釦是和壽自己縫的。小學五年級時在家政課上學過。將線穿過較短的針、打個結，從內側刺穿布料，通過鈕扣洞，上面、下面。重複幾次後再換另一排。步驟跟剛剛一模一樣。等鈕扣固定後，再把線纏在底部幾圈，接著上下穿過兩次就大功告成了。

「每次看都覺得你縫得真好。」

妻子顯得很佩服。

當然，和壽也有些得意。

「厲害吧。」

「真奇怪。」

「奇怪什麼。」

「真不知道你這個人到底算靈巧還是笨拙。大部分男人都不懂得怎麼縫鈕扣不是嗎?但要說你高明,好像也不是。不是說你做得不好,但你就只是做到一個馬馬虎虎還可以的程度。」

仔細看看,確實,鈕扣縫得很隨便。左右位置不齊,穿線的方法也很粗魯。

「有什麼關係,反正不仔細看也不會發現。」

「話是沒錯啦。」

「反正是在家裡穿的,隨便一點無所謂。外出時我會換掉的,這點常識我還有。」

一邊說一邊覺得,這句台詞有點耳熟。

和壽和妻子住在澀谷區外緣。這棟建築物屋齡三十年,外觀看起來很像國宅,雖然歸入澀谷區,不過離新宿車站反而比較近。房子是兩房兩廳的格局,租金十二萬日圓出頭,以一般行情看來算便宜。畢竟建築物已經相當老舊,天花板上還有漏水的痕跡。他們當然也想換個更好的地方，但是光要擠出現在的房租就已經不太容易。和壽的工作很不穩定，有時是契約員工，有時候只能拿到等同打工的待遇。從前景氣還不錯時，學習能力好反應又快的和壽深受器重，有一段時期收入還好過大部分正職員工。但這樣的待遇也讓他跟其他員工之間產生了嫌隙。後來景氣漸漸變差，他在公司裡也待得愈來愈不自在。

三年過去、五年過去了，當十年這個數字聽來也愈來愈遙遠時，和壽得了某項文學獎。他拿到的是新人獎。

「恭喜，您得了佳作。」

隔著電話聽到編輯的聲音，和壽低聲回應。

「是嗎。」

他眼裡看不見任何未來的曙光，也不認為自己能繼續吃這一行飯。儘管如此，還是不得不辭掉工作。

開始寫作是在二十二、三歲左右。第一次試著投稿作品時，在某個歷史悠久的文學獎中一直留到最後一關，但是受到評審委員嚴苛批評，最後沒能得獎。等了一年，他又以另一部作品挑戰同一項文學獎，結果跟上次一樣。他自此喪失了寫作的意願，沉浸在音樂裡好幾年。跟樂團夥伴還有輕浮的女人成天玩樂。每天喝得爛醉，跟不知名的女人過夜，在舞台上瘋狂亂彈吉他，日子過得很愉快。最後主流唱片公司上門挖角。當時他們的粉絲足以輕鬆塞滿一個中型規模的Live House。他心想，長年持續的打工終於可以辭掉。雖然不見得馬上就能成名，但如果跟主流唱片公司簽約就有薪水可拿。沒錯，從此應該把全副精力都放在音樂上。這才是最好的選擇。

但是他們的樂團很快就畫上了句點。樂團團長帶著唱片公司給的簽約金跑了。區區三百萬，花了好幾年建立起來的關係一夕瓦解。最後可說慘事連連。本來打算辭掉的打工工作也辭不了了。他失去一切，再也無法相信人，在這樣的孤獨中，和壽寫了一篇短篇小說。文章很糟，結構鬆散，根本稱不上小說。不過他卻覺得從中獲得了什麼。那是在音樂裡絕對無法得到的。只要繼續寫，文章總有一天會變得更好。只要仔細構思，結構也會更加縝密。重要的是，那莫名的「什麼」。只有那個「什麼」，是無法靠努力得來的。

就在那時候，他遇見了一個女人，跟她結了婚。他很珍惜眼前的女人，以往的放浪形骸宛如一場夢。是因為環境改變？還是因為深深受她吸引？和壽也不知道真正原因是什麼。總之——。無論如何他都不想放開這個女人的手。

這次他小心地注意文筆和結構，寫就了一部長篇，投稿到截止日期將近的新人獎。三個月後，他接到通知得獎的電話。

他的出道作品銷量極差。而這結果他早就料想到了。這部作品是為了得獎而寫，不是為了暢銷而寫。他心想，成敗就看第二部作品了。不過，現實很殘酷，始終沒有給他第二次機會。後來又換了另一位編輯，他心想這下完了，不過她卻很熱心地鼓勵自己。

「接下來就等機會了。」

編輯說。

「只要能掌握機會，一定有希望。」

原本就所剩無多的熱情這下完全消失，只剩下一堆宛如灰燼的殘骸。當時他剛辭掉打工工作不久。不、正確來說是被趕走的。此時的和壽沒工作、沒錢，過著靠老婆養的生活。不堪到了極點。明明許多事他都能做得那麼靈巧，比大部分人做得都好。將近三十歲，手邊卻什麼也沒留下。這到底怎麼一回事？到底為什麼？高中和大學時期的同學，大家都漸漸邁入穩定的生活，建立起自己的家庭，賀年卡上印著孩子的照片。而自己還住在這窮酸公寓裡，存摺上排列的數字只有淒涼兩個字能形容。就連下個月的生活都岌岌可危。不過，和壽突然想起樂團拆夥之後專心敲打電腦鍵盤那段日子——。

那時候，自己確實獲得了什麼。

「我辦得到嗎？」

和壽心懷不安，膽怯地問道。

那個「什麼」，還留在自己身上嗎？

編輯堅定地點頭。

「當然！所以我才自告奮勇。」

第二部作品還沒寫出來，輪廓也還很模糊。不安和希望經常在他心中拉鋸，還沒有一方獲得最終的勝利。他的雙手依然空無一物。

星期天，睡到過中午，身旁的妻子還在睡。她工作好像很忙，因為結算期快到了。她應該很累吧。和壽下了床，呆坐在客廳。第二部作品還寫不出來，他依然不知道自己到底能不能搆到心中的目標。他站起來，打開窗戶，一片花瓣飄了進來。是櫻花。和壽他們住的這棟老公寓之前是房東的房子。房東是一位在當地耕耘許久、自行開業的醫生。在這片廣大的土地上並排著診所和房東的住家。院子裡有一棵櫻花樹，現在正是精彩盛放的時候。

「喔，是櫻花啊。」

和壽喃喃說道，走向小廚房。廚房裡鋪著品味極差的紅色塑膠地墊，他老想著要換掉，但是既沒那個閒工夫，也沒有閒錢。

先煮飯吧，在壓力鍋裡裝了兩杯米，再倒進兩杯水，開大火。趁這段時間，用鐵製小平底鍋炒了碎肉，加進酒、醬油、味醂、生薑調味。把炒好的碎肉裝進其他盤子裡，洗洗平底鍋，再開火。倒了點油進鍋裡，他想起家裡還有蔬菜，把南瓜、馬鈴薯用保鮮膜包起，丟進微波爐裡。其實用蒸的會更好吃，但現在爐口都被占滿了。倒進蛋液時，平底鍋已經先熱好，發出滋滋聲。蛋很快就會熟了，絕對不能煎焦，要煎成漂亮的黃色才行。取出漂亮的蛋皮，然後再煎下一片。重複好幾次之後，將薄薄的蛋皮疊在砧板上，用菜刀切成細絲，蛋絲就完成了。這時飯也煮好了。他有個從老家帶來的多層漆盒，大小跟一般便當差不多，雖然已經很舊了，不過好歹也是輪島產的知名漆器。第一層塞滿剛煮好的飯，右半邊灑上碎肉鬆。左半邊放上蛋絲，第二層裝進南瓜、馬鈴薯沙拉，還有昨晚剩下的紅燒鰈魚以及醋拌油菜花。空出的地方他直接塞了一瓣蜜柑。

「幹嘛？」

妻子揉著眼睛問他。

和壽說。

「我們去賞花吧。」

「啊？去哪裡？」

「在水道道路盡頭有一棵大櫻花樹，那裏很少人經過，我想可以到那邊吃便當。」

「也對。」

「那我們走吧。」

「肚子餓了。」

「我做好便當了。」

和壽顯得很得意。

兩人沿著水道道路路旁走著，這裡如同其名，是把原本有水流經過的地方填滿混凝土，鋪成道路。這裡算是公共用地，道路兩旁種了各色各樣的花草，許多都開著花。

「真漂亮。」

和壽說。

妻子點點頭。

「對啊，好美。」

「便當很好吃喔。」

「我等不及了。」

兩人在櫻花樹下佔好位置，打開包巾，便當很快就進了兩人的肚子裡。妻子吃得比和壽還多。

「不要緊的，一切都會很順利。」
「是嗎。」
「是啊。」
「但我實在不敢相信。」
「不知道要花十年還是二十年，但是等到你寫出名堂前，我都會負責養你。」
「那我幫妳做午餐的便當，還有打掃和洗衣——。」
「這樣就算扯平了。」
「這樣就行了嗎？」
「這樣就很夠了。」
她點點頭。
「我已經得到很多了。」
和壽到了晚上才發現。感受著身邊妻子沈睡的氣息，他在黑暗當中暗自心想，或許，自己早已經擁有了一切。

海苔便當

材料

百圓硬幣——三枚

十圓硬幣——八枚

考上東京的大學，離開了家。第一次的東京——入學考試是在當地會場考的——比想像中更遠。搭上特急列車一個半小時，再換乘新幹線四小時。在東京車站下車那一剎那，洶湧的人潮嚇到了他。他仰望眼前林立的高樓大廈。換乘地下鐵時果然搭錯了。他分不出都營線和東京地下鐵的差別。

老爸快退休了，租不起昂貴的房子。租這間屋齡十七年的老舊公寓已經很勉強。

「這樣也夠了，反正就一個人嘛。」

一起來東京幫忙找房子的媽媽，看著空蕩蕩的房間這麼說。

岡崎孝之點點頭。

「也對，這樣就夠了。」

要是再新一點就好了。要是再寬敞一點就好了。離車站更近一點就好了。不過這些話一講起來可沒完沒了。孝之已經不是小孩了，他知道什麼時候該忍耐。

媽住了兩晚後回家。

「這別告訴你爸。」

媽站在狹窄的玄關，遞出一個咖啡色的信封。

「拿著吧。」

他還沒搞清楚狀況，懵然接過，看看信封。裡面放了十二張一萬圓鈔票，都是一點皺紋都沒有的新鈔。孝之覺得該道謝，這些一定是媽的私房錢，她還特地都換成新鈔。可是說謝謝又太難為情，他始終沒開口。母親頭也不回地走了。孝之原本以為她會說些難分難捨的話，這倒是挺讓他意外的。

啊，原來如此……。

一回神，自己已經是一個人。媽或許也跟自己一樣，覺得那種情境很難為情吧。

轉過頭去，後方是空無一人的房間。

空空蕩蕩。

「喂，吉田，我到東京來了。」

孝之低喃道。

吉田不算他的朋友，只是偶爾會在屋頂上見面的傢伙。他們從來沒同班過，兩人共同的朋友也只有寥寥幾人。到三年級上學期之前，兩人連對方的名字都不知道。孝之上的是一間學生人數超過千人的超大型學校，很多同年級的學生都像他們兩人一樣互不相識。

「不好意思。」

一開始上前搭話的是吉田。還記得是即將進入梅雨季節前，頭頂上是一片開闊悠然的藍天。

「方便借根菸嗎？」

屋頂上有個水塔，水塔後方成了大家的吸煙區。也不知是誰裝的，出入口的門把上掛著一個鈴鐺。門一開關就會發出叮鈴聲響，就算有老師上來巡查大家也能馬上警覺。學校位於山丘上，總是有風吹著，所以煙霧和味道都會飄走。只要把煙蒂收拾乾淨就不太可能會被發現。

孝之聽到鈴聲，正要把菸丟進排水口。吉田則對著他的背影開口借菸。

兩人抽的是同一個牌子，都是Short Peace。

「喔，好啊。」

孝之拿出新的香菸，一邊心想，真是可惜了剛剛那根菸，丟進排水口的那根菸才吸不到一半。

「非常謝謝你。」

吉田接過菸，口氣相當客氣地道了謝。

孝之也有些困惑。

「喔，不用這麼客氣啦。」

「本來以為自己有帶，沒想到抽完了。下次再還給你。」

「不用在意啦。」

「真的嗎？」

「下次我沒帶的時候你再還我就好。」

兩人抽著菸。每當強風一吹過，香煙的前端便會閃起火紅亮光。兩人之間沒怎麼交談。各抽了一根菸後就分手了。

在那之後，他每週會在吸煙區見到吉田一次。大概是兩人無聊課堂的時間剛好重疊了吧。

「岡崎你要唸文科是吧？」

「對啊。」

「我要唸理科。」

「為什麼？」

「因為我國文爛到不行，長文閱讀我讀到一半就昏頭了。」

「但是你看公式卻沒有問題？」

「對啊，公式很好懂，入口和出口非常明顯。但語言就不一樣了。」

「原來如此。」

孝之點點頭，心裡也有同感。不過孝之的國文成績總是名列前茅。他曾經在縣裡的模擬考考過榜首，全國模擬考也進了前五十。如果只看國文成績，想考哪一所大學都不是問題。

當然，孝之並沒有告訴對方這些，他只是靜靜地呼出那嗆口的菸。

「吉田，你決定要考哪一間學校了嗎？」

「還不知道，不過已經決定地點了。」

「哪裡？」

「東京。」

「為什麼要去東京？」

吉田只發出些含糊的聲音，一會兒「嗯……」、一會兒「那個……」。他深深吸了一口菸，然後吐出許多煙霧。這讓孝之有些羨慕。其實對孝之來說 Short Peace 有點太嗆。他無法像吉田抽得那麼深。但帶著 Short Peace 好像是種虛榮。

「我也說不出什麼具體原因，只是覺得到那裡應該會有更多發展。」

吉田說的話還是一樣曖昧，孝之只能點點頭。

「喔。」

「岡崎你不覺得嗎？」

「我不太懂什麼未來、前景，現在還沒什麼感覺。」

正因為這樣，所以他到三年級他還沒鎖定想考的學校。負責升學指導的老師焦急地催促他。現在他的升學志願表上只寫了些可有可無的學校。

「跟我一起去東京吧。」

「東京嗎？好遠喔。」

「就是遠才好啊。」

「好麻煩喔。」

聽到孝之這麼說，吉田也無奈地笑了。看到他的表情，孝之也忍不住笑了。他抽了一口菸。又短又嗆的菸前端，閃著紅色的亮光。

但是後來，吉田上了當地的大學。他本人除了表示無可奈何，並沒有多談。後來是他們共通的朋友告訴孝之內情。

「他家是釀酒的，聽說狀況不太妙。」

「怎麼不太妙？」

「杜氏跑了。」

「杜氏是什麼？」

「就是決定酒味道的師傅啊。既然杜氏都跑了，他家應該也快不行了吧。吉田他老爸還來跟我家親戚借錢，好像真的走投無路的樣子。」

「吉田他竟然還能升學。」

就算上當地的三流大學，還是需要不少錢。

就是啊。朋友說道。

「聽說他家借錢就是為了籌那傢伙上大學的學費。我親戚叔叔聽了之後，才不得已出了錢。」

「不惜借錢也要上大學嗎？」

「對啊，那傢伙書念得好。畢業之後如果能進縣政府工作，還學費應該不是問題。這下真的要等到功成名就才能還錢了。」

這個話題很快就結束，接著他們聊起女人。千惠子老師真可愛。聽說她懷孕了。啊，真的嗎？千惠子挺行的嘛。我有點受打擊。她看起來那麼清純。真羨慕她老公。

孝之自己也不知道，為什麼會決定上東京的大學，表面上的理由是，沒考上真正想去的京都學校。不過，在考那所學校時，孝之交了白卷。那是他最擅長的國文，這樣當然不可能考得上。相反的，考東京的大學時他卯足了全力，一直到應考日當天早上，還拚命翻看著參考書。最後，他考上了那所大學，原本以為對自己來說遙不可及的學校。父母親也爽快地答應。

跟吉田最後一次見面是在畢業不久之前。

「哪，還你。」

在老地方的吸煙區，吉田遞出一根菸。孝之接過，吉田替他點了火。兩人的煙在風中流動。吉田依然將那濃烈的煙深深吸進肺裡。孝之想學他，卻開始咳個不停。

「白癡啊你，又不是小孩子。」

吉田笑了。

孝之隨口找了個藉口。

「不小心嗆到的啦。」

「你是不是在勉強自己抽煙啊。」

「你怎麼知道？」

「到最後，只有這種人才能離開。如果我真的有心，其實——。」

孝之等著他把話說完，但等了很久都沒等到。只見那根菸不斷變短。

行李終於送到空蕩蕩的房間裡。簽收接過行李後，他走向附近的便利商店。考慮到今後的生活費，他選了最便宜的海苔便當，放在櫃台上。

「三百八十圓。」

店員的口氣很隨便，留著一頭及腰長髮，右手臂上有個火焰形狀的刺青。東京真厲害，鄉下從沒看過這種打扮，原來還真的有。就在一間平凡的便利商店裡。他強裝平靜，將手插在屁股口袋裡，孝之開始緊張，錢包沒帶。忘在房間裡了。店員直盯著他，身後還跟著一長排的客人，讓他更緊張。孝之翻遍全身口袋。啊！那個，不好意思……。夾克右口袋裡放著一個信封，裡面有十二張嶄新硬挺的萬圓鈔，是母親交給他的。他不知道該收在哪裡，一直放在口袋裡。

孝之猶豫了一會兒，抽出其中一張紙鈔。

回到狹窄的小房間，孝之扒著海苔便當。「喂，吉田。」他心想。我現在人在東京。這是你始終嚮往的地方。為什麼是我在這裡呢？其實，這應該是屬於你的地方吧。

烏龍麵

材料

麵粉（中筋麵粉）——三百公克

鹽——十公克

水——一百五十CC

「啊！指甲——。」

看到那鮮艷的紅色，市川早紀忍不住脫口而出。今年的四月七日是星期六，開學日是週一，等於春假多延了一天。一開學馬上重新分班。早紀成為三年五班。這所高中裡學生人數超過一千，許多人她都不認識。坐在隔壁的男孩也一樣，既不認得長相，也不知道對方名字。

「指甲怎麼了？」

他一臉困惑。

早紀當然照實說了。

「紅紅的。」

「哪裡？」

「只有……左手的小指。」

「啊，真的耶。」

看了之後，他也瞪圓了眼睛，然後抱著頭。他聲音很大，每個動作都很誇張，是個典型的大男孩。不過仔細看看，長相還挺俊美的。細長的單眼皮，大概因為顴骨和下巴不太明顯，所以顯得很清秀。他直盯著自己的手指，然後轉了過來。

「這個……請問一下……。」

看對方的視線就知道他想問什麼。是名字。

「市川。我叫市川早紀。」

「我叫岡嶋鶇。」

「什麼？鶇？」

「我家有點奇怪，所有男生都會取鳥的名字。大概從江戶時代開始代代都這樣。我祖父名叫燕，我爸叫雀。」

「喔？好有趣。」

「但是也挺辛苦的。我小時候常被欺負。還偷偷詛咒過立下這套規矩的祖先呢。」

「喔，這樣啊。」

小時候確實會因為一點點小事去捉弄別人。

「對了，市川同學，想請問一下。」

「什麼事？」

「請教一下，妳手邊有去光水嗎？」
「沒有。」
「看樣子今天只也能這樣了。」
「對。」
「還是不太好吧。」
他伸出左手，雖然皮膚粗糙，但可能是因為手指長，看來並不覺得粗獷。感覺很細緻。
「我覺得這樣也還不錯。」
這個人的聲音、眼睛，看起來都挺有意思的。感覺不像個嚴肅的人。
一個男孩的手，只有小指是紅色的，感覺有股說不出的妖艷。
「別人塗的？」
「嗯。對，可能是吧……。」
他說話的方式也很有趣。大概是故意的吧。
「應該是這樣沒錯。」

「是女朋友吧。」
「對。」
「趁你睡覺的時候……。」
「對。」
「你沒發現吧。」
「對。」
他有女友，而且已經進展到這個地步，還會一起外宿。看來這個人應該是個玩咖。
「指甲油真漂亮。」
「對啊。」
「市川同學不塗嗎？」
「要上學啊。」
「下次請妳塗塗看。看妳手指又細又白，一定很適合。」
他聲音虛飄飄地，還故意用著有些做作的客氣語調。早紀心裡隱約有種感覺。嗯，應該沒錯——。

「岡嶋同學啊。」

「是。」

「你是不是一看到女孩子，就處處留情、想對人家示好？」

大概因為沒料到早紀會這麼說，他假裝在沈思。

動作一樣很刻意。

「市川同學妳實在太難應付了。」

他偏頭輕輕一笑。笑起來相當有魅力。看來他很清楚如何在女孩面前表現自己。

過了三天，他小指還是紅的。

「啊，竹輪掉了！」

午休的校舍好不熱鬧。在學校這個空間裡，好像被這些十幾歲少年少女的聲音塞得鼓脹。

「早紀，幫我撿竹輪！」

竹輪滾到自己腳邊，沒辦法，只好撿了起來。不過短短三天，他已經不稱呼市川同學，變成早紀了。

所以早紀也不叫對方岡嶋，直呼他的名字。

「鶇，你還要吃嗎？」

「反正還不到五秒，可以啦。」

「通常不是三秒嗎？」

「這部份就隨人解釋了。反正我喜歡竹輪，不吃太可惜了啊。」

把竹輪遞過去後，鶇豪爽地大咬一口，只是區區竹輪，他卻露出無比幸福的表情。

一個別班的女孩來了。

「鶇，你瀏海很長耶。」

「我懶得剪啊。」

「那我幫你剪吧。」

「妳手很拙耶，我不要。」

早紀可以聽到他們的對話。她暗自觀察，對方是個很花俏的女孩。費心捲了頭髮、塗了口紅，當然也沒有忘記保養指甲。看來已經不是個女孩，更像個女人。鐘聲響起，那女孩離開了。

「剛剛那是你女朋友嗎？」

「不，只是普通朋友。」

但是她卻隨手摸了鶫的頭髮？

「算是前任女友啦。」

「什麼嘛……總之就是已經分手的女朋友嘛……。」

「前任和已經分手不太一樣。就像新聞裡說到前任首相和卸任首相也是不同的，不是嗎？前任就是指之前、也就是上一任。而卸任呢，是指更早以前。」

鶫從書桌裡取出一本舊的文庫本，隨意翻開，但是他卻讀得很認真。

令人難以相信，鶫其實頭腦很好。儘管他愛招惹女生，老是吊兒郎當又愛胡鬧，但是卻很喜歡看書。同一本書竟然能看那麼多次，早紀覺得很不可思議。

「原來有這種分法，我都不知道。」

「上了一課吧，好好感謝我。」

「才不要，這有什麼好感謝的。對了，你為什麼老是讀同一本書啊？不看點別的嗎？」

「因為我最近愛看這本。」

「看完一遍不就好了嗎？」

「好看的書讀個二十、三十遍都可以。」

兩人有一搭沒一搭地說著些可有可無的事。剛剛那女孩又浮現在腦中。一頭漂亮捲髮、光澤水嫩的嘴唇。女人味十足。相較之下，自己簡直像個小孩。鶇的小指還是紅的。不知為什麼，讓人看了一直很在意。

「但是你已經知道結局了不是嗎？」

「結局或者故事情節都無所謂。只要有一個精彩的段落，光是反覆重讀那裡就夠有意思了。」

「對了，你好像每天都吃竹輪呢。」

「啊，大概就類似吃竹輪吧。」

鶇天真地笑著。

早紀感覺心頭微微蕩漾，故意說些挖苦的話。

「但是為什麼你身邊的女孩子卻每天換個不停呢？」

「果然沒錯。」

「什麼？」

「妳真的很難對付。」

放學後，早紀在家政教室裡和著水跟麵粉。

「妳在幹嘛？」

鵯走了進來。

「我在做烏龍麵。」

「烏龍麵？為什麼？」

「我是烹飪社的啊。」

「有這種社團？我從來沒聽過。」

「因為我們社團只有三個人，而且偶爾才聚會，沒什麼人知道。」

「烏龍麵要怎麼做啊？」

「一開始比較難，要和麵。」

早紀仔細說明步驟，眼看鶇的表情漸漸嚴肅了起來。他雖然點著頭，但是很明顯並沒有聽懂。這個人雖然知道前任和卸任的不同，又那麼愛看書，不過對烹飪似乎完全一竅不通。

「上了一課吧，你得好好感謝我。」

把麵粉跟水和在一起的步驟非常有意思，也很好玩。鶇沒有離開，顯得很感興趣，一直在旁邊看著。

早紀突然瞥見他的小指。

「指甲顏色掉得差不多了呢。」

「已經十天左右了吧，很難看吧。」

「對了，來幫我個忙。」

「幫什麼？」

「接下來是男人的工作。」

她把麵團裝進袋子裡，放在地上。然後比了個「請吧」的手勢。

「請你盡量踩、用力踩。」

「啊？為什麼？」

「這樣麵才會有嚼勁啊。我體重太輕了，你來踩剛剛好。」

她讓鵜踩了整整三十分鐘，累得筋疲力盡的鵜躺在地上。

「我幫了這麼大的忙，應該有資格吃吧。」

「也對，那就分你一些吧。」

「什麼時候才能吃？」

「大概三十分鐘，麵團要醒一下比較好。」

「我現在就想吃，肚子餓了。」

「鵜。」她叫道。

「你就坐在那裡，不要動。」

「幹嘛？」

「總之你坐好就對了。」

鵜老實地聽話坐著，早紀蹲在他面前，從化妝包裡拿出一瓶去光水。用化妝棉沾滿去光水，開始擦拭他左手……的小指。指甲油擦得乾乾淨淨，這才像個男生的指甲。

「我注意很久了。而且都掉了一半，看起來好醜。」

「喔喔，變乾淨了。」

「可以借我玩一下嗎？」

「玩什麼？」

「你先別管那麼多。」

她笑著，將成套道具一個一個擺在地上。指甲油、基礎護甲油、亮光指甲油——。

首先由拇指開始塗護甲油，這是快乾性的，小指塗完時大拇指已經乾了。再來塗上粉紅色加了亮粉的指甲油。

「別人的指甲好難塗喔。」

「喂，每一根都要塗嗎？」

「當然，右手也要塗。」

「把我當玩具啊。」

兩人嗤嗤笑著。兩人都低著頭，也不太覺得難為情。

「為什麼你不把紅色指甲油卸乾淨？」

「因為分手了。」

「啊——？」

「總覺得顏色掉了，一切就會消失。」

「是喔。」

自己什麼都沒多想，只是想小小惡作劇一下，竟把指甲油給卸掉了。

「對不起。」

「不會啦，這樣剛好。反正已經快掉光了。」

鶫現在是甚麼表情呢？早紀很好奇，但她沒有勇氣抬頭。紅色的指甲油是前女友的。把它卸乾淨之後，這次由我來塗上我的顏色。

「這樣就好了嗎？」

「還沒，還要上一層亮光指甲油。」

塗完之後，用製麵機將麵團切成麵條，煮一碗熱騰騰的烏龍麵，跟鶫一起吃吧。

「真麻煩。」

「這樣才能持久啊。」

蕃茄燉菜

材料

牛肉——二百公克
紅蘿蔔——中等大小兩根
馬鈴薯——中等大小三顆
洋蔥——中等大小兩顆
青花菜——一顆
蕃茄罐——一罐
月桂葉——一片
鹽——兩小匙

在站前超市買東西時，島村夏帆發現自己染上夏季感冒。腳步突然一搖、視野狹窄，嘴唇也特別乾燥。這年紀偶爾還會被稱呼小姑娘。但是年過二十五，她漸漸了解自己的身體狀況。

沒錯，這種時候多半是快得感冒的徵兆。

今天從一早就會議不斷，一直關在狹小的房間裡。幾個同事都在咳嗽，她早有不祥的預感。一定是被他們傳染的。她在購物籃裡放了大肉塊，本來想放回架上，但是澳洲產牛肉一百公克七十八日圓實在便宜。不過感冒的時候應該吃不下口味這麼重的東西吧。

還是別買肉，改買雞蛋和烏龍麵好了。烏龍麵燙過就能吃，再打顆蛋，營養還算夠，也好消化。

走向鮮肉賣場時，她覺得愈來愈不舒服。

腰部附近開始感到沈重。

她突然感覺到繞一圈超市好累。平常她大多自己下廚，超市裡哪個地方擺著什麼，記得一清二楚。假如要把肉放回去、買蛋，然後再買烏龍麵，無論如何都得繞店內一圈。還不如直接回去吧。肉可以冷凍起來。但是這麼一來今天就沒東西可吃了。要是就此臥床不起，出門買東西可麻煩了。

她停下腳步的地方剛好在蔬菜賣場前。夏帆走近貨架，先拿起紅蘿蔔，接著是洋蔥、馬鈴薯。綠色蔬菜不夠。啊，有青花菜，平常她會仔細比價，但今天則筆直地走向收銀台。

結完帳回家，先在鍋裡裝好水。畢竟是狹窄的套房，一打開玄關馬上就是廚房。穿過走廊般的狹長廚房，後面是三坪左右的房間。把鍋子放在小瓦斯爐上，然後用削皮刀削去紅蘿蔔和馬鈴薯皮，雖然有些地方沒削乾淨，但現在她決定別在意這些細節。

現在除了腰，腳步也沈重了起來。稍一走動就覺得膝關節嘎嘎作響。一邊拿出菜刀一邊心想，這下果然快感冒了。

首先剝掉洋蔥皮，隨便切切丟進鍋裡。青花菜用剪刀處理，切掉的部份一朵一朵落進鍋中。其實應該洗一洗比較好，但現在可沒功夫在乎殘留農藥。首先要對付這近逼到眼前的感冒。她盡量不讓自己碰到水，這種時候她對自己大而化之的個性很有自覺。從以前就是這樣，雖然每件事都能得心應手，但一些小地方卻很隨便。

蓋上蓋子，她終於走進房裡。卸掉妝，換上睡衣，再回到廚房時，剛好水已經滾了。

剛剛丟進的食材在鍋子裡舞動。

她從丟在腳下的購物袋裡取出肉，直接放進鍋中。正想走向床鋪，發現還忘了一件重要的事。一罐番茄、一片月桂葉。雖然快滿出來了，不過或許這樣才剛好。她沒關上房門，這次終於能鑽進被窩裡。閉上眼睛，在這片黑暗當中，許多不同光線閃閃爍爍。她在寒氣中打顫，蜷縮起身體，不知不覺入睡了。

雖然長得像母親，但性格倒完全不像，母親跟這個大而化之的女兒相反，是個對任何事都仔細講究的人。有時候甚至太過謹慎，有些神經質。比方說紅蘿蔔或者馬鈴薯，總之只要是從外面買回來的東西，她一定會用鬃刷用力刷洗。淘米次數向來固定不變，將米放到大碗中，先淘五次。要把全身力量加諸手心去壓磨。接著在大碗裡裝滿水，輕輕攪拌後，把上面的水倒掉。這個步驟重複兩次。接下來才終於能把米放進電鍋，按下開關。母親穿的衣服每天或許不同，但淘米的背影卻永遠都一樣。

「聽說不能那樣子淘米呢。」

忘記是什麼時候，她曾經對母親這麼說。

母親一臉不可思議。

「什麼？怎麼樣淘米？」

「太用力壓米會破掉。聽說要輕一點洗比較好。」

「喔，是嗎。」

「上次有家日本料理店的廚師在電視上說的。」

「我已經習慣這樣洗了。」

「那今天晚上我換個方法來洗洗看吧。」

「是嗎，那就拜託妳了。」

為什麼當時夏帆要說那些話？為什麼母親又會接受她的提議呢？說不定兩人剛吵過架，彼此都在逞強。

她們這對母女，並不是會簡簡單單將廚房交給對方、或接手過來的關係。

夏帆和母親總是不對盤。從小就是這樣，夏帆決定到東京工作後兩人之間的氣氛就更加尷尬。出社會工作之後夏帆也確實很少回家。儘管很想念故鄉老友，但是一想到得跟母親兩個人相處，就澆熄了她特意去張羅車票的心。最後她總是以忙碌為藉口，留在東京都內過盂蘭盆節或者新年。在這小小的房間裡，過著跟平常沒兩樣的時間。當然說不上愉快。

母親稱讚了夏帆煮的飯。

「真的很好吃。」

「好像煮得還不錯。」

放進嘴巴時米香濃郁，確實煮出了米原本的美味。

「妳看，不一樣吧。」

「真好吃。」

「這才是米真正的味道。」

話說得如此不留情，看來果然是吵架了。

睜開眼，好像發燒了。臉頰熱燙，喉嚨也有點痛。她到洗臉台前漱口，映在鏡子裡的臉很蒼白，跟母親一模一樣。

「啊，對了。」

跟母親酷似的自己，正在輕喃著母親的事。

「跟平時一樣。」

母親嘴上說好吃，但隔天早上她還是用跟以往一樣的方法煮飯，並沒有用夏帆教她的方法。

到頭來，母親還是沒有改變自己。

她又回到房裡，蜷起身子。大概是因為發燒，馬上又進入沉沉夢鄉。

母親曾經哭過。那時夏帆還小。她唯一記得的是自己的紅鞋和白色褲襪。她還記得裙襬是深藍色的。這麼說來，當時應該盛裝打扮了一番。可能是剛外出回來吧。

「妳一定很辛苦吧。」

母親在路邊被叫住，開始跟一位阿姨說話。那個人嗓門大、講話快，又很活潑。

「畢竟妳只有一個人哪。」

「不要緊，我女兒也很乖。」

母親臉上堆滿客套的笑容，摸著自己的頭。當時自己搞不清楚狀況，只覺得滿心疑惑。雖然沒做什麼壞事，但是她也清楚知道，自己並不是個好孩子。至少對母親來說，自己不算是好孩子。因為——。要是沒有自己，母親就自由了。大家都這麼說。

「夏帆好乖喔。」

那阿姨蹲下來看著自己，身上有嗆鼻的化妝味。

夏帆沈默地呆站著。

「夏帆，跟阿姨打招呼。」

「沒關係啦，我們很少見面，她一定很緊張吧。」

「真對不起。」

「不過，我看妳真的很辛苦吧。妳看，妳只有一個人。」

「不會……。」

「有什麼事儘管跟我說，好不容易嫁我們家門，義視卻出了那種事，大家心裡都對妳很愧疚。有事真的別客氣啊。」

「謝謝您。」

「妳又是一個人，說真的，一定很辛苦吧。」

阿姨不斷說著一樣的台詞，母親只是保持禮貌維持著客套的笑容。站在路邊的漫長對話終於結束，母親開始快步往前走。她拉著我的手。好痛。但我什麼也不敢說。我幾乎要跌倒，還是拚命動著腳步。終於，來到斜坡前時我快忍不住了。我抬起頭，正打算告訴母親要她走慢一點，然後我看見她在哭。大顆的眼淚落下，沿著臉頰滑下了好幾滴。可是她並沒有試圖擦去眼淚，只是不斷不斷往前走。夏帆嚇了一跳，不敢再說自己痛。最後她爬坡到一半時跌了一跤，膝蓋重重地摔在地上。白色褲襪的膝頭弄髒了一塊，她很難過。不，讓她難過的應該是其他事吧。

「快走吧。」

母親蹲下來，半是抱著把夏帆扶起。她今天說話跟平常不一樣，讓夏帆更加驚訝。

「快到家了。」

她醒了幾次、睡了幾次，又做了好幾場夢。每場夢中都有母親。大概是因為發燒，夢裡的母親有時年輕、有時衰老。年老的母親出現後又出現年輕的母親，她明知道是夢，心裡還是充滿困惑。而不管怎麼樣，母親終究是母親。

最後她睡了十個多小時，醒來時天已經亮了。換下被汗水沾溼的睡衣，她走向廚房。沒停火的鍋子發出咕嚕咕嚕聲。睡前差點滿溢的鍋子現在少了許多，大概只剩下一半。她很慶幸自己放了足夠的水。廚房和房間交界的門沒關上，也有幾分加溼器的功用吧。大部份的蔬菜都煮得熟爛，肉沈在鍋底。她正心想，身體不知道吃不吃得進這些食物，胃就聽話地動了。看來沒什麼問題。早睡果然是正確的決定。調味只稍加點鹽巴。兩小匙。把湯裝進盤裡拿到房間。喝了一口湯，非常好喝。蔬菜和肉都很軟，應該不會給胃帶來負擔。吃著，她想起了母親。

那時候，母親究竟為什麼哭呢？

煮豆

材料

虎豆——二百公克
水——適量
鹽——兩小匙

「喔喔，是虎豆。」

道村耕輔自言自語地拿起了袋子。放在折扣花車上的這個袋子，大到一手幾乎握不住，塞了滿滿的豆子。這豆子有點特別，顏色很像黃豆，卻比黃豆大上一號，還有些咖啡色的圖案，看起來像虎斑一樣。因為這圖案所以才叫虎豆吧。而裝了這個有些奇怪的豆子的袋身上貼著五折的標籤。

標價本來就很貴，所以打了五折也稱不上便宜。

好，這下該怎麼辦呢。

耕輔有些煩惱，掌管家計的他直覺地會跑出精打細算的念頭。直接買廠商做好的紅豆餡比較好吧。拿那些紅豆餡來做銅鑼燒，妻子和女兒一定會很高興。

他無法決定，繼續走向和菓子賣場。平日白天的超市人很少，他可以輕輕鬆鬆推著購物車。果然，和菓子賣場裡放著現成的紅豆餡。價錢比耕輔還拿在右手的虎豆便宜許多。

右手是虎豆，左手拿著紅豆餡，耕輔想了想。

如果追求經濟效益，就該選擇左手的東西。完全不費工夫，量又多。但是右手上這份量又讓他難以割捨。

正在煩惱時，背後響起一個聲音。

「不好意思——」

轉過頭，是個比耕輔年輕的女人。她推的嬰兒用推車上坐著一個小小的嬰兒。

衛星市鎮這一帶小家庭多，大部份店裡都放著能同時購物和載孩子的推車，上面附有兒童座椅，而下方是購物籃。

她顯得有點困擾，看來是耕輔的推車堵住了通道。耕輔一邊道歉，一邊將推車移開。

她的孩子看起來跟耕輔的女兒一樣年齡……不，應該說月齡，十一或十二個月，看起來差不多這麼大吧。耕輔不禁拿她跟自己女兒比較。體重明顯不如人。眼前這孩子又圓又胖，真是個健康寶寶。

看到這樣的孩子，耕輔心裡就陣陣抽痛。

因為他想到自己的女兒、心愛的寶貝，成長上卻落人一步。

「她有喝奶嗎？」

每次健康檢查醫生都會問同樣的問題。嬰兒的成長有所謂標準值，而耕輔的女兒總是落在標準值之下。

「有啊，有喝。」

耕輔和妻子笑著回答。但笑容可能有些牽強。

「您是全母乳吧。那以後請多加一點奶粉吧。」

每位醫生都一樣。他們最後都會說出同樣的台詞。看來不得不放棄全母乳。

每次健康檢查後妻子臉上都掛著淚水。

「我的奶水是不是不夠好？」

「沒這回事。」

耕輔堅定地告訴她。

「是醫生太擔心了。」

從事筆耕的耕輔動用許多關係，聽過不少人的意見。他還去見了大醫院的院長和助產士。每個人的說法都不一樣，耕輔愈聽愈混亂。沒有人能給他答案。到最後，只有女兒的成長能給耕輔夫妻一些安慰。體重雖然低於標準值，但是她表情的變化、指尖的動作，都能確實地看出進步。

「別擔心，她長得很好。」

耕輔說完後又重複了一次。

妻子也重複了一次。

「嗯，不要緊，長得很好。」

這句話聽起來，就像是祈禱一樣。

「請小心一點，嬰兒用推車很容易被這個架子卡住。」

耕輔的回應太過客氣，那個推嬰兒用推車的女人看來有點困惑。

耕輔連忙說明。

「我的孩子也差不多年紀，經常跟我太太來買東西，推車每次都在那個架子卡到。」

一說出自己有孩子，她的警戒心好像也鬆懈了。回了一個真摯的笑容。

「啊，真的耶。我之前也卡住過一次。」

「請吧。」

「謝謝。」

她小心地推著推車，走過耕輔面前。

耕輔對著她的背影問。

「小孩幾個月了？」

「九個月。」

耕輔頓時失語。跟自己的女兒比較之下，原以為對方差不多十一或十二個月。但沒想到比自己目測的差距更大。他深受打擊。

「怎麼了嗎？」

大概是心情都寫在臉上了吧。她問道。

耕輔勉強自己笑了笑。

「我家女兒長得很小，才七公斤而已。」

「幾個月了？」

「剛好一歲，滿十二個月。那妳呢……。」

「九個月、九公斤。」

月齡是自己女兒比較大，但體重卻不如人。

「小孩子的個人差異很大呢。」

她很小心翼翼地說。

耕輔也小心翼翼地回答。

「對，真的是這樣。」

這次對方真的離開了。耕輔望著那女人和孩子一會兒，又將視線移回手上的豆子。

要選虎豆，還是紅豆餡？

耕輔提著裝了大頭菜、豬肉和虎豆的袋子走回家。他用的不是超市的購物袋，而是妻子做的自備購物袋。耕輔自己並不特別關心環境或環保問題，是妻子硬要讓他帶的。

「九公斤啊。」

他看著天空喃喃自語。明知道這種比較沒有意義，但他心想，還是別告訴妻子剛剛的事。他不想說些什麼多餘的話，讓妻子沮喪。

回家後，妻子正在跟孩子玩，已經一歲的女兒開始懂得很多事，表情也變得更加豐富。女兒的成長是一種鼓勵，同時也讓他們心焦。

「回來啦。」

妻子笑著迎接他。

「買了什麼回來？」

「肉和蔬菜，還有豆子。」

耕輔把買回來的東西放在廚房架上。妻子抱著女兒走過來，拿起裝著虎豆的袋子。

「很少看到這種豆子耶，這個要做什麼？」

「我想煮來吃。」

「你吃過嗎？」

「沒有，妳呢？」

「我也沒有。」

妻子笑著對女兒說。

「好期待喔。」

女兒笑了。

「要等明天才能吃。」

說著，耕輔在大碗裡裝了水，然後倒進豆子。沈進水中的豆子，看起來圖案又更加明顯。

虎斑顯得更鮮明。

「豆子要泡一晚上的水才行。」

隔天，豆子吸了飽飽的水分。用篩子濾掉水分之後放進較大的鍋中。煮豆很簡單，需要的只有水跟時間。小火慢燉，自然就能完成。訣竅有兩個，一是不要用太多水煮，第二是不要用大火。如果兩者沒有同時做到，豆子之間便會彼此碰撞，煮得碎爛。用小火，偶爾加點水慢慢煮，就能煮出好吃的豆子。

耕輔坐在廚房椅子上看著原稿。這篇稿子預計要刊登在下個月上市的文藝雜誌，時間有點趕，但是還來得及。稿子看累了他就確認一下豆子的狀態，加水、調整火侯，然後再回頭工作。廚房瀰漫著豆香。他聽到客廳裡妻子和女兒的聲音。平常很花時間的工作，今天效率倒挺不錯的。看完這篇原稿五十頁的文章，豆子也煮好了。

稍稍加鹽調味後，耕輔將豆子裝進盤裡。

「完成了，妳吃吃看。」

「喔，看起來好好吃喔。」

「我還沒試味道。」

妻子和女兒正在客廳玩積木。妻子笑著說，原來你是找我來試毒的。她接過盤子。女兒露出很不可思議的表情。耕輔抱起女兒。

「啊，這個好好吃喔！」

吃了豆子後妻子驚嘆了一聲。

「真的很好吃耶！」

「對吧。」

耕輔得意地說。妻子餵他吃了一顆豆子，味道確實好極了。沒什麼怪味，但是卻很香醇。他查了資料，才知道虎豆是高級品，被喻為煮豆之王，還有個別名叫福豆。

「這孩子能不能吃啊？」

「皮還不能消化，但裡面應該可以吧。」

妻子拿著去皮的豆子，女兒張開嘴，將豆子含進嘴裡。怎麼樣呢？如何如何？夫婦倆仔細地盯著，女兒用右手拍拍臉頰。這是嬰兒表示好吃的動作。耕輔和妻子忍不住笑了。

「欸。」

「什麼？」

「給妳添了那麼多麻煩真是抱歉，我老是這麼任性。」

「我不覺得麻煩啊。」

「是嗎？」

「是啊。」

說謝謝太難為情，他說不出口。女兒張開嘴，討下一顆豆子。給她吃了之後，她又用右手拍著臉頰。

好吃──。

耕輔感受著自己的富足，又把下一顆豆子送進女兒嘴裡。

醬菜

材料

黃瓜——兩條
鹽——一撮
昆布——一片
乾辣椒——一條

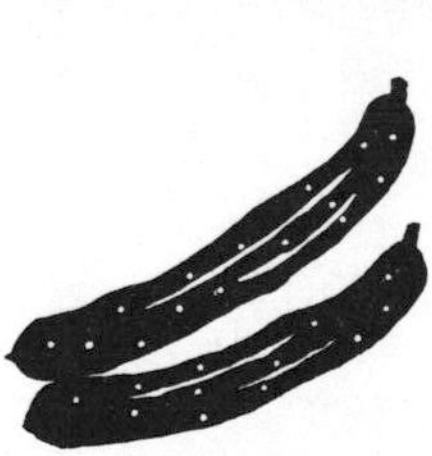

啊，原來如此。他還沒說呢。嶋田文子從婆婆電話那頭說的話裡聽了出來。否則她不可能說這種話。

「怎麼能沒有孩子呢。生一個也可以，但還是生兩個好吧。」

「是，對啊。」

「我知道你們有你們的想法，但我是為你們好才這麼說的。」

「我知道媽是擔心我們。」

「妳知道就好。聽史喜歡孩子，他也說希望能儘快生孩子。再來就看妳了。為了那孩子，妳能不能多考慮考慮？」

她覺得呼吸愈來愈困難，沒想到丈夫會這樣說。同樣的對話又重複了一陣子。過了七十歲後，婆婆說話經常一再重複，翻來覆去都講同樣的內容。文子知道她沒有惡意，但要說自己聽了不難過，那是騙人的。

「那就先這樣……。」

放下話筒後，文子呆站了一會兒。晴朗的初夏，溫暖的陽光從敞開的窗戶照進來。明明是那麼溫暖，但是她卻覺得從指尖漸漸冷到身體。

櫻花總是在瞬間綻放、又轉眼凋落。盛開的時候剛好陰雨不斷。一個晴朗的下午，她跟丈夫一起到附近的公園。

「真漂亮。」

文子輕聲說，聰史也點點頭。

「嗯，是啊。」

「好像開在地上一樣。」

散落的花瓣積在公園四處。花壇的角落、鞦韆的支柱下。顏色看起來還很鮮亮。

「可是馬上就會被土弄髒了吧。」

「也對。」

「我不喜歡。這樣留下來看起來不是很不堪嗎？」

他說得確實沒錯。花瓣掉落之後，還不如馬上消失更乾脆。現在雖然染白了地面，看起來很美，但是就如丈夫所說的，過了不久就會變髒。

這就是華麗盛開之後，該付的代價嗎？

想著這些無關緊要的事，抬起頭來，只見丈夫杵在那兒。剛結婚時的他更活潑、更多話，也更開朗。每當文子沮喪時他都會費心鼓勵，告訴文子這世界的美麗和樂趣。文子很驚訝，原來自己眼中的世界和他眼中的世界竟然如此不同。聽史的世界是那麼耀眼。她被聽史那種正面積極的個性所吸引，所以才選擇了他作為人生伴侶。

但沒想到，隨著他地位愈爬愈高，丈夫也變得日益謹慎，話漸漸少了。作為一個社會人士這或許是件好事。但是過去文子所愛的那些地方，已經漸漸褪色了。

比方說——。

儘管沒能看見盛開的櫻花，以往的聽史更會因眼前散落花瓣的美而感到高興吧。他可能還會抓住幾枚飄落的花瓣給自己看。

「回家吧。」

丈夫他……現在的聽史則面無表情地這麼說。文子點點頭。

「好。」

「家裡還有東西吃嗎？」

「只有昨天的剩菜。」

「也好。」

丈夫的口氣有點不滿，開始往前走。他甚至沒有確認文子是不是跟上來了。一陣風吹起，花瓣輕舞。周圍包圍在一片櫻花顏色當中。啊，花是會凋落的。而所謂的美，多半無法長久，又要求代價。

她不知道站在電話前多久了。窗戶吹進來的風變得清冷。天空已經不再湛藍。浮在西邊天空的雲腹映照著夕陽的紅，後方則染上夜幕的藍。

文子其實也跟丈夫一樣想要孩子。等了兩年、等了三年……時間慢慢經過，心想總有一天會懷上。等到她覺得奇怪，又怕查清原因，始終沒有付諸行動。而這卻是錯誤的開端。

關上窗，走向廚房。菜已經買好了。

趁電鍋煮飯時，把味噌湯用的熱水燒開。裝半個小鍋的水。只有兩人的小家庭，這個量就夠了。把味醂醃漬的小魚干放進烤箱裡。這是丈夫老家送來的，聽說調味很特別，非常好吃，跟東京賣的味醂魚干味道完全不一樣。烤好之前，她將紅味噌溶進鍋裡，加入豆腐和滑菇。真是簡單得可以的晚餐。她發現桌上少了綠色蔬菜，連忙從冰箱拿出黃瓜。切掉兩端後，斜切一公分左右寬，然後轉個半圈，一樣切下一公分寬。這是滾刀塊切法。把切好的兩條黃瓜放進大碗中，灑鹽後搓揉幾次。放進一片昆布、一條乾辣椒，再拿一個小盤子放在小黃瓜上，最後放上大碗充當重石使用。接下來需要的就只有時間。大概三十分鐘左右吧。丈夫喜歡爽脆的口感。

丈夫回家時已經是深夜了。明明說過今天會早點回來，也不知道從什麼時候開始，他不守時已經不是新鮮事了。

「今天過得如何？」

「沒什麼兩樣。」

他不再像以前那樣愛說笑，也不會逗文子開心。文子已經習慣了，或者該說已經放棄了。

「晚餐吃不吃？」

「吃。」

「那我準備一下。」

東西都涼了，她快速熱好東西放在托盤上。最後拿出醃黃瓜。試著咬了一口，已經沒有爽脆的口感了。以淺漬[1]來說不夠新鮮，但是又沒有用米糠醃漬的風味。味道不上不下。

丈夫安靜地用餐。吃飯、喝味噌湯，把魚送進嘴裡。看著他千篇一律的節奏，文子覺得很不可思議。就像台機器一樣。是不是因為他不說話？文子只是靜靜坐在他對面。她心想，或許自己不在也無所謂。

吃了醃黃瓜後，丈夫終於開了口。

「這是淺漬嗎？」

「是啊。」

「醃太久了。」

1 日式醬菜的一種，短時間即可醃製完成。

說得一點也沒錯。不過要是丈夫依照原定時間回來，就會是他最愛的口感了。換作以往，她可能會出聲抗議不是自己的錯，但現在她連抗議的心情都沒了。她心裡更想說的是其他事。

「今天媽打電話來了。」

「什麼事？又是想要錢整地嗎？」

「不是……。」

「那種土地放著就行了，鄉下人真是的，現在土地哪裡還有什麼價值。」

「不，是孩子的事。」

文子打斷丈夫有如口頭禪般掛在嘴上的那些話。

丈夫輕聲說。

「喔，孩子的事。」

「她要我快點生，說一切都看我。她說你……說你想要孩子。」

「我媽不知道。」

「嗯，因為不知道才會打電話來啊。當然，我什麼都沒說，我只是附和著她。這樣可以吧？就算她再打來我也一樣這麼做就行了吧？只要想辦法敷衍過去就行了，對吧？」

話說了出口，卻沒透露出自己的心思。她忍住了。過了一會兒，她才發現淚水沿著臉頰滑了下來。文子很驚訝。她沒打算哭。她不覺得自己有那麼煩惱。不，真的嗎？其實根本不是吧。

「沒關係，我不要緊的。反正我已經習慣她這麼說了。第一次見面的人也都會問有沒有孩子嘛。其實都一樣。笑笑敷衍一下，等著時間過去就行了。」

過了好一陣子，丈夫都沒說話。好像在思考什麼。他突然站了起來，站在電話前。老家的電話已經登錄為快撥碼，但丈夫還是一一按下數字鍵。

「喂，媽。」

文子靜靜地沒動。

「我有話跟妳說。」

她當然聽不見婆婆的聲音。

「不，不是的。」

丈夫說話又恢復家鄉的腔調。

「是我的問題。」

她可以聽見時鐘的聲音。

「不是不是，也不是這樣。」

丈夫說話變得很快。

「我去檢查過了。」

到底該怎麼辦才好？

「不是她的錯。」

她知道自己束手無策，但還是靜不下心來。

「總之都是我的問題啦！」

丈夫的語氣開始變得激烈。

「我就說不是了啊！」

嗯，真的不是。

「妳不要老是怪她。」

自己只能聽。

「妳聽我說，生不出孩子的是我，問題在我身上。」

「對不起，我沒告訴我媽。都是我的錯，很多事都怪我。」

丈夫又恢復了平時的腔調。大概是剛剛說話的氣勢還在，丈夫變得格外多話，他一邊動筷伸向盤子，一邊繼續說話。

「一直讓妳這麼難受，我真的很抱歉。」

「沒有……。」

「但是我不知道該怎麼向妳道歉才好。有時候我也會想，與其這樣繼續下去，說不定換個方式會比較好。」

「好了，什麼叫換個方式，不要說這種話。」

「不，如果這樣能讓妳有自己的孩子的話——」

丈夫的手伸向醃黃瓜，皺了皺眉。大概是不好吃吧。明明不新鮮了，卻又沒有滋味，那不上不下的醃黃瓜。

沈默持續了一陣子。

文子擦了擦臉頰，說道。

「下次我試著做古漬吧。」

「古漬？」

「需要多加點鹽，還要長一點時間。途中得洗一次，重新再醃。」

「聽起來很好吃。很適合茶泡飯吧？」

「應該不錯。」

醃漬物有適合、不適合吃的時期。以前她老是做淺漬，但好吃的醃漬物並不只有這種方法。

時間會改變一切。

文子心想，凡事應該都是相同道理吧。

牛肉蔬菜湯

材料

- 牛肉——五百公克
- 鮮蠶豆——一小碗
- 高麗菜——1／4顆
- 紅蘿蔔——中等大小兩條
- 男爵馬鈴薯——中等大小三顆
- 月桂葉——兩片
- 羅勒——三片
- 片菜葉——一片
- 鼠尾草——一小匙
- 白胡椒——一小匙
- 芫荽——少許

三歲女兒發燒了。

「妳看，一定是Kids Club，不會錯的，一定是在那裡被傳染的。」

說這話的丈夫豐，聲音已經沙啞了。

大概是被孩子傳染了吧。

Kids Club是附近的托兒所。美月有全職工作，豐也很忙。一有事他們就會把女兒託在那裡。經營Kids Club的女性溫柔仔細，他們很放心把女兒交給她。雖然沒仔細問過，不過聽說她經營托兒所不是以營利為目的，更像是某種志工活動。那裡的幾位員工看來也都個性沈穩。

幾個孩子聚在一起，當然會有許多交流。例如感情、體溫或者是病毒。

「所以是孩子把感冒帶回家的。」

「一點也沒錯。」

「吃過喉糖了嗎？」

「吃了。」

「感冒藥呢？」

「還沒。只喝了營養補給飲料。」

很標準的處理方式。隨便吃藥並沒有意義，重要的是補充足夠營養，還有睡眠。依賴藥物並不能根治感冒。

孩子這種生物，會不斷不斷地發燒。

附近的醫生這麼說。

「大概會燒兩百次吧。小孩子這種生物就是會燒個不停。大概重複燒個兩百次左右，就能對大部份細菌產生免疫。這就表示他們已經做好面對這個世界的準備了。」

美月和豐聽了以後都感到很驚訝。

「兩百次嗎！」

「是啊。」

「這麼多——。」

「沒什麼大不了的啦，你們自己也都是這樣走過來的啊，不用擔心不用擔心。」

女兒發燒，整個人病懨懨的，但醫生卻一點也不擔心，顯得不為所動。美月夫妻倆雖然感到些許困惑，但同時也安心了不少。好像遇到了一位名醫。他們很感激這樣的偶然。

孩子突然哭了起來，丈夫也咳了幾聲。美月將喉糖含在嘴裡，走向廚房。

「你們兩個都躺著吧，我去做點東西。」

「真不好意思啊。」

豐一臉歉疚。

美月看了心裡不忍，馬上開口對他說。

「我做點容易消化的東西。只要加熱就能吃，想吃的時候就吃一點吧。」

「妳工作不要緊嗎？」

「當然。」

老實說狀況有些緊迫，但現在不需要跟他說這些。她已經在腦中盤算好，大概還過得去。

「不過，我只會很簡單的東西。」

這道菜真的很簡單。先在鍋裡裝滿水，開火。煮到水滾大概需要十五分鐘左右吧。拿出砧板，美月先從冷凍庫取出牛肉塊。這是昨天在附近超市買的，不是什麼高級貨，一百公克九十八日圓，大概有五百公克。把肉塊切成適當大小之後，放進倒了油的平底鍋，仔細在表面煎出焦痕。上、下、左、右——。接著一邊煎肉一邊剝開蠶豆莢，把裡面的豆子取出。豆莢很大，但裡面的豆子卻只有兩三顆。把滿滿一袋豆莢都剝完，剝好的豆子只需要一個小碗就夠裝了。但像這樣現剝的豆子真的很美。淡淡的嫩綠實在漂亮極了。她拿出一顆，咬了邊邊一小口。當然還很硬，但是仔細咀嚼可以漸漸嚼出一股甜味。

「喔，好吃。」

輕嘆一聲後，美月將剛煎好的牛肉丟進鍋裡。湯已經煮開了。把紅蘿蔔隨便切切丟進鍋裡，高麗菜隨便切切丟進鍋裡，再把男爵馬鈴薯隨便切切丟進鍋裡。最後放進綠色的蠶豆。鍋子都快滿出來了。她先開大火，途中換成中火。趁著這段時間她把各種香料塞進湯底包中。月桂葉、羅勒、芹菜。其實就是香草束。除了基本種類之外又另加了幾個味道。鼠尾草、白胡椒，還有芫荽。她沒有刻意想調出什麼味道，只是一時興起，隨手倒些眼前看到的調味料而已。究竟會煮成什麼樣的味道呢？她將塞滿香料的湯底包丟進鍋中，期待著最後的結果。這樣就幾乎完成了。接下來只需要時間，和溫潤的小火。

「還好嗎？」

美月對寢室的丈夫和女兒說著。並沒有回應。兩人都睡得很沉。美月看著他們的睡臉好一陣子。活了三十多年，失去了很多，但得到的也很多。回顧自己走過的這條路，實在很難說一切選擇都是正確的。她曾經和有婦之夫交往過，儘管心裡明知不對。確實，自己犯過許多許多的錯。可是，現在身邊有珍愛的家人，他們正發出平靜的呼吸聲。正因為越過了艱險高山，才能擁有他們。

這就夠了——。

許多時候努力得不到回報，也經常因為度日艱苦而落淚，但是自己沒有資格抱怨。

她心裡想著這些，又走回廚房。鍋裡的東西已經煮得差不多了。打開蓋子，首先飄出的是濃郁的香草味。她輕輕用杓子攪拌，再調整火候。這些都很簡單，但也非常重要。

她坐在廚房椅子上，開始整理未完的工作。美月三年前自行開業。離開工作了十二年的法律事務所，建立起自己的小天地。當然，她心裡有一定的把握，也有些願意支持她的顧客，儘管她有自信能闖出一片天，但心裡最先浮現的還是不安。她害怕明天，更害怕後天。之所以能持續下來，除了身為專家的這股意氣，更因為面臨著得養家活口的迫切。丈夫豐現在還在上研究所，將來到底能不能吃學者這行飯也很難說。每當看到報章上國立大學預算或人員縮減的新聞，夫婦兩人就不禁背脊發涼。

「算了算了，如果有什麼萬一，就讓美月養好了。」

豐有時會這麼說。雖然半是開玩笑，但另一半應該是真心話。他刻意說出口不知需要多大的勇氣。美月察覺到丈夫的想法，仔細思量後，決定輕鬆一笑置之。

「嗯，包在我身上！」

「你不賺錢怎麼行！」

「好啊，你想幹嘛就幹嘛。」

雖然每次台詞都不一樣，但這些全部都是她對丈夫的體貼。因為，最難受的就是他自己。

她有時也會覺得，身為一個女人肩上承擔了太重的負荷。但總算也好不容易撐到現在，有了穩定的客戶，工作漸漸上軌道。她並不因此驕傲，也不覺得自卑。自己付出了努力，跑過比別人多好幾倍的路，這只是獲得應該的回報而已。她當然並不否認，其中也包含了幾分幸運。但是只要差之毫釐，也可能走上完全不同的道路。比如說，能獲得像豐這樣的伴侶，簡直是個奇蹟。這個大男人二話不說接下所有家事，做菜、洗衣，拿著吸塵器打掃家裡，更重要的是，他深愛自己和孩子。能擁有這樣的珍寶，還有什麼好奢求的呢？再多的慾望只能說是奢侈了。

一小時過去、兩小時過去。該看的資料大致看完了。她在小便條紙上寫下之後的步驟。日期、聯絡，還有談判步驟。出了社會上工作，每個人天天都得處理這類瑣事。大概是坐久了，腰有點痛。

「呼——。」

她一邊長嘆，一邊伸展身體。雙手往上伸直，維持這個姿勢往左彎，保持十秒。不能屏住呼吸。將大量空氣吸進肺裡，再吐出來。接著換右邊。

體操做到一半發現身後有聲息。

「起來啦。」

豐一頭蓬鬆亂髮，站在他腳邊女兒的頭髮也一樣。兩人的長相和裝扮都像極了。美月忍不住笑出來。

「還燒嗎？」

「現在應該已經不燒了，我沒有仔細量，但是額頭不燙。」

「那就不要緊了。」

「等一下可能還會再燒。不過這種程度應該沒什麼大礙吧。」

「飯做好了。」

「好，我要吃。」

「再等一下喔。」

美月回到廚房，用小湯匙嚐了嚐味道。湯差點灑出來，她手忙腳亂了一陣。唉呀呀，真是的。她添了些高湯，但味道太淡。加點鹽、嚐嚐味道。又加了點鹽，再嚐嚐味道。再加點鹽，嚐嚐味道。嗯，這樣差不多。裝滿了深盤拿到客廳裡。

「喔，好香啊。」

丈夫一說完，坐在身邊的女兒也叫道。

「我要吃飯。」

三歲的女兒開始有強烈的自我主張，雖然有時候很令人頭痛，但是她的成長也給自己帶來很大的鼓勵。

「好啊，來吃飯吧。」

豐笑著。

美月也笑了。

「吃飯吧！」

啊，自己可以發自內心微笑。不管是明天、後天，都不需要害怕。只要能擁有這樣的瞬間。

貓耳朵

材料

貓耳朵

高筋麵粉——三百公克

雞蛋——一顆

水——烈酒杯半杯

番茄醬汁

大蒜——一瓣

洋蔥——中等大小一個

番茄罐——一罐

羅勒——適量

橄欖油——兩大匙

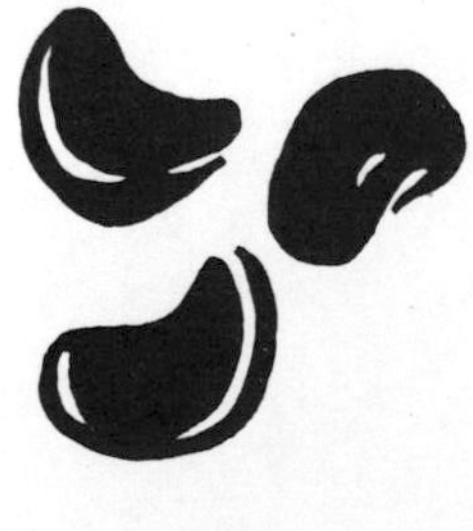

打了一顆蛋。

「有機飼料、自然放養」──包裝盒上寫著這些字樣的蛋顏色很漂亮。橙黃色塊狀落在高筋麵粉的正中央。

三澤秋子看著碗中，滿意地點頭。

「果然是好蛋。」

品質不好的蛋像這樣打進麵粉裡後，蛋黃和蛋白都會軟趴趴地流成一灘。晃動了一下大碗，蛋還是穩穩的浮在高筋麵粉上。那晃動的感覺看起來非常美味，很令人放心。

三個月大的女兒佳奈正躺在客廳的嬰兒床上。她剛剛喝完奶，鬧了點脾氣，但是現在發出平靜呼吸聲，看起來宛如天使。中島廚房就是這一點好。剛貸款買下的新屋，客廳和廚房融為一體。廚房的調理台位於中央，猶如小島般成為廚房和客廳的分界。

有客人的時候萬一流理台裡還堆著待洗碗盤該怎麼辦……。

從廚房看得見客聽，就表示從客廳也看得見廚房。這對不擅收拾的秋子來說確實是個沈重的負擔，但是剛好可以趁此機會激勵自己努力做家事。畢竟終於擁有屬於自己的新建獨棟房屋。

身為專業家庭主婦，帶孩子、打掃、洗衣，樣樣都得確實做好。

「還得好好學做菜才行。」

為了給自己打氣，她刻意將話說出口。秋子把手伸進碗中，一點一點加水，混合高筋麵粉和蛋。當麵團成形時，從大碗裡取出，放在砧板上。

「這本來就是家常菜，不需要太仔細，隨便一點無所謂。」

這個聲音也同時浮現在耳邊，是個相當低沈、沙啞，很有男子氣概的聲音。不過聲音主人的個性卻意外地優柔，經常對秋子發些無謂的牢騷。

那不是丈夫和也，而是之前交往過的大介。

正確來說，並不是「之前」。

認識丈夫和也時，秋子還有另一個交往對象。對方名叫澤田大介。他跟在知名廠商工作的和也不同，是接案的自由業，靠自己的本事討生活。那隨興的言行舉止深深地吸引著年輕的秋子。儘管有時他卑鄙怯懦的行動常惹得秋子掉眼淚，但秋子對他的愛和執著只是日益加深。

「其實你根本就沒把我當一回事吧。」

忘記是什麼時候了，秋子曾經哭著這麼對他說。她心裡知道這麼做很蠢，但還是忍不住想說。

大介面露不耐。

「我很珍惜妳。」

「那你為什麼不接我電話？」

「因為電話放在皮包裡啊。」

他說謊。

清晨回來的他，身上沒有汗臭味。如果一整個晚上都在外面喝酒，不可能不流汗。他身邊應該也有一兩個會抽煙的人，想必也會染上菸味。但是，既沒有汗臭也沒有菸味，就表示他沖過澡了。

大介並沒有道歉。

「不喜歡就分手吧。」

他甚至這麼說。

像現在這樣和著麵團，老是會想起從前的事。真不可思議，麵團愈揉愈軟。所以一開始不能加太多水。這些都是大介教她的。

「笨蛋，加太多水了。這樣等一下和麵的時候會黏答答的。」

關於吃，大介是個很講究的人。大概是外食的時候都吃得不錯，所以比起外面的二流店家，他自己做的菜更下功夫。

貓耳朵的做法，是秋子央求他教的。

前一天晚上她就住進大介家，經驗豐富的他將秋子玩弄在股掌間，帶領她數次來到愉悅的頂峰，每一次，秋子都感受到自己對眼前男人的深愛。然而一睜開眼睛，卻看到大介極端清醒的表情，這讓秋子很不甘。自己被對方如此任意擺佈，幾乎無法自持，但是他卻冷靜地觀察自己的反應。

討厭。秋子輕啐了一聲。

「怎麼了？」

大介不耐地說。

「又鬧什麼脾氣？」

「我在生氣。」

秋子赤裸著身體，用毛毯裹住身子背向他。

「生氣什麼？」

其實應該說是不甘心才對。所以秋子閉上了嘴。要是說出真心話，可能會更不甘心吧。接著她又投入他愛的懷抱，然後不知不覺中睡著了。醒來之後，心情莫名輕鬆。人的身體很老實，肚子叫了。就是在這時候，秋子央求他。

教我怎麼做貓耳朵。

跟大介比起來，和也或許算是平凡的男人。他在富裕的家庭長大，上了還算有名的大學，在知名廠商工作。他的人生從來沒有偏離軌道。跟多數男人一樣，儘管假裝自己經驗豐富，但實際上交往過的女人並不太多，頂多三四個吧。其實骨子是個認真的人。工作負責，很少喝酒，也不抽煙，又疼愛佳奈。

秋子的女性朋友有一半都還沒結婚。

過了三十歲，現在大家看起來各有煩惱。有些朋友持續著和有婦之夫的關係，有些人找不到理想的對象，還有人遇到家暴問題。跟那些朋友比起來，自己真的很幸福。

不，真的幸福嗎？

她的確是懷抱著愛跟和也結合的，但那難道不是因為跟大介的交往讓她感到疲倦的關係嗎？自己是不是只想選擇一個不會外遇的男人？是不是只為了追求穩定的生活？直到現在，她還是會想起這些事。

佳奈終於發出了聲音。

「佳奈怎麼了？」

秋子一邊說，一邊快步走上前去。像這樣對她說話，佳奈也聽不懂，但是秋子覺得跟孩子說話很重要。

「還在睡嘛。」

女兒閉著眼睛，發出沉沉的呼吸聲，看來好像是說了夢話。秋子仔細端詳著她的臉。眼睛、鼻子，還有眉毛像丈夫，嘴唇和耳朵像秋子。混合了兩人的各種部份。

「這就叫幸福吧。」

丈夫和也天真單純地說著，然後開心地笑了。

「她身上混合了我跟你呢。」

秋子又重新開始做麵食。把麵團撕下一小塊，用拇指壓在砧板上，揉成圓形。訣竅是剛開始使力，然後漸漸鬆開。用拇指一搓，就可以將麵團捏成耳垂的形狀。

貓耳朵，Orecchiette，是義大利文中小耳朵的意思。

開口要分手的是秋子。

「所以妳決定是選擇那邊，是嗎？」

在一間吵雜的咖啡廳裡，大介冰冷地說。

「啊？什麼那邊？」

「妳決定選擇另一個男人了嗎？」

她一直瞞著和也的事。手機的簡訊和來電紀錄全部都刪掉，兩人的約會撞期，也總是優先選擇大介這邊。

她萬萬沒想到他會發現。

「你已經知道嗎？」

「是啊。」

「對不起。」

一道歉，她嘴巴便開始顫抖。秋子忍住了淚。哭著請對方原諒是最不堪的行為。

「你們要結婚嗎？」

「應該會吧……。」

「這樣很好，恭喜妳了。」

大介拿起帳單，馬上站了起來。看著他結完帳後離開店裡的背影，秋子這才領悟到。

啊，一切都結束了。

手工麵食必須放著醒一會兒麵團。短麵大約是三十分鐘到一小時左右。剛好到那時候，和也回來了。

「我馬上做飯。」

「好，麻煩妳了。佳奈今天怎麼樣？」

「她還在睡。」

看著丈夫快步走向嬰兒床的身影，秋子說道。

「不要吵醒她。」

「知道知道，我看看就好。」

煮了一大鍋水，將貓耳朵放進鍋裡。生的麵食要燙熟只消一會兒。拌上番茄醬後，跟沙拉和湯一起擺在餐桌上。

「可以開飯了。」秋子說。

「謝謝。」

溫柔的丈夫總是不忘道謝。和也把貓耳朵送進嘴裡，很滿足地點頭。

「這真好吃。」

看著他一口一口將麵食送到嘴裡，那模樣就像小孩子一樣天真無邪。秋子自己也吃了一口，味道確實不錯。這是生麵食才有的口感，一般乾燥的麵做不出這種口味。

「妳在哪裡學的？」

「這……。」

「在料理雜誌上學的嗎？」

這時，突然有好幾幅光景閃過腦中。堆著成疊資料的公寓，長著鬍渣的那張臉，香菸的味道，還有斥責她加了太多水的聲音。

「電視上的烹飪節目。」

秋子說了謊。

是嗎，和也點點頭，沒有一絲懷疑。

「能在家裡吃到剛做好的麵食，真是幸福。」

秋子的眼角突然一熱。剛好在這個時候，聽到了佳奈的聲音。醒來了嗎？還是在說夢話？秋子不確定，但她站了起來。

「佳奈怎麼了？」

她輕輕擦去眼角，沒讓丈夫發現。

流下來的淚，就只有那麼一丁點。

庫克太太三明治

材料

土司——兩片

乳酪片——兩片

雞蛋——兩顆

法文原文 Croque Madame，「脆太太三明治」會是比較忠實的譯法，不過坊間料理資料多採音譯為「庫克太太三明治」。

他連她的名字也不知道。

醒來之後身邊有個女人正安詳睡著。這是昨天晚上他從夜店撿回來的。池田智宏嘴裡發出了一聲嘆息。

「唉！」

他的人生算不上高風亮節。這種事以前也經歷過。不過出社會之後這還是第一次。也就是說，已經相隔了九年。他上的是直升附校，日子一直過得很輕鬆。只要成績還可以，就能直升國中、高中，最後還有大學在等著自己。東京的市中心誘惑重重。上了高中二年級，他還一副遊戲人間的荒唐樣，但到了三年級的尾聲，心情開始有了微妙變化。

「欸，我好像有點厭戰了。」

看著女人的睡臉，智宏突然想起這件事。這句話不知道是誰說的。厭戰。原來如此。說得好。

應該是高三那年的秋天吧。到夜店玩到等待第一班電車的時間，五、六個人聚在拉著鐵門的地下鐵入口附近。不記得是哪些人了。他玩伴很多，跟誰在哪裡一起玩這些事，早就被拋到記憶遠方。大概不出松田、元井和澤野那幾個吧。

「厭戰是什麼意思？」

「也沒有啦，就是開始覺得無聊。」

「什麼無聊。」

「泡妞、跳舞，還有弄到那些不太妙的藥。」

有人笑著說。

「那是因為你上次打得太爛，所以怕了吧。」

「誰叫你想偷偷轉賣賺錢，很Low耶。」

「被修理也是剛剛好啦。」

「不是還被帶到那些藥頭的事務所嗎，真的超驚險的耶。」

大家並沒有同情，而是大聲地取笑他。其他同樣等著第一班電車的人倦懨懨地看著他們幾個。那時，智宏心裡覺得有些東西漸漸消萎。那些傢伙應該是瘋狂玩到早上、玩得筋疲力盡了吧。但是我們這幾個人只是一直坐在櫃台前喝著無酒精飲料。以後，或許再也不會像那些人一樣，玩到筋疲力盡吧。

「那次真的很慘。我有在反省。不過我要說的不是這個啦，我是覺得，好像已經玩累了。」

「什麼意思?」

「總覺得跳舞很累，藥又要花錢，泡妞又有一套固定的步驟。」

「對啦，確實是這樣。」

「雖然有時候會想跟女人來一炮，但是像那樣依照固定步驟來，好像一切都沒意思了。而且偷偷地買藥感覺也很蠢。」

這之後有了片刻停頓。大概兩、三秒吧。後來大家又開始嘲笑他，說這傢伙太膽小、說他被上次經驗嚇怕了、說他開始對同性戀感興趣。不過他並沒有接受其他人的挑釁，只是面露困惑。當大家的聲音中斷，他朝著天空說。

「等上了大學，我會好好收心。認真上課、認真念書、認真找工作。我不想再玩了，我已經厭倦這種生活了。」

那之後的事他記不太清楚了。唯一記得的是自己也有一樣的感覺。厭戰——。其他人一定也一樣吧。那兩、三秒的沈默，正說明了一切。

女人起床了，看來她很了解眼前的情況，身邊有個男人也不顯得驚訝。

「現在幾點？」

她平靜地問。智宏撿起掉在地上的行動電話。

「快兩點了。」

「啊，好久沒睡得這麼熟了。」

「應該是很滿足的關係吧。」

說完這個無聊的笑話後，她出聲笑了，身體轉了個方向。也不知是覺得可笑，還是刻意閃躲。及肩頭髮遮住她臉的大半，這麼一來，智宏完全想不起她的長相。從頭髮間隙看見的嘴唇似乎還在笑，隱約露出她雪白漂亮的門牙。她今年幾歲？一定比自己更年輕，大概二十五左右、或接近三十吧。看著散落在地上的衣服，應該已經在工作了。領口線條漂亮的白襯衫、帶著優雅圖案的灰色裙子。大包包是咖啡色的，沒有多餘的裝飾，肩帶很厚實，是沒有扣環的款式，可以直接看到包裡的資料。資料都用顏色漂亮的夾子固定好，很有女孩子氣。

出社會第九年，他也見過不少世面，通常穿這種衣服、拿這種皮包的女性都不好對付。她們口才絕佳，毅力驚人，同時又深知緩和氣氛的技巧。他隱約有幾分輕看女人的心態，但是在實務面上，感覺自己落敗的次數並不少。

這次也一樣。那女人沒搭理發呆的智宏，快手快腳穿好衣服，走向廚房。

「肚子餓了吧。」

「啊？對啊。」

「等等，我隨便做點東西。」

冰箱裡應該沒什麼像樣的東西。她到底能做出什麼？過了十分鐘左右，她走回來，手裡拿著兩個盤子。

「請用。」

智宏滿心疑惑，也穿好衣服坐在桌前。那是他在目黑買回來的中世紀風傢具，簡單卻很有韻味。

土司上放了融化的乳酪，又放了一顆半熟荷包蛋。

「我家有乳酪啊？」

「你不記得了嗎？」

「嗯。」

大概是分手的女人買了，擅自放進去的吧。

「保存期限快到了，不過應該還能吃。」

「看起來真不賴」

她熟練地用著刀叉，手勢看來相當優雅。智宏原本嫌麻煩想直接拿起來咬，不過他也學對方一樣用刀叉、一樣優雅地吃。

「這叫什麼？」

「只是隨便做做，沒什麼正式名稱。硬要說的話，大概叫庫克太太三明治吧。其實還應該要有火腿和白醬，我這只是勉強有個樣子而已。」

「很好吃耶。」

「那就好。」

她笑了。再看看她的臉，雖然單眼皮看來有點兇，還有鷹鉤鼻和薄唇。但是笑容並不差，很可愛。

真正優秀的學生，通常不會就這樣直升。他們會認真念書，考個更好的大學。但智宏選擇了直升。其實學校也還算有名，就算別人問起，回答起來也不至於難為情。上大學時他很認真，沒缺過一堂課。他對那些來東京後大玩特玩的人很不以為然。教授對他印象很好，畢業時還介紹了間經營穩健的公司。上一個世代是就職冰河期，人力缺口大，他很快就掛上主任這頭銜，不久前剛升課長。再過不久，應該能當上課長代理或者副課長吧。四十歲是關鍵時期，順利的話部長位子也不是夢。董事應該不太可能，但只要照常工作，幾乎可以保證能有一帆風順的人生。上次在公司走廊上，副社長叫住他。

「你就是池田吧？R物產那個案子辦得很好，客戶也很稱讚。」

副社長把手放在智宏的肩膀上笑著說。他大概年過六十了，但眼睛還炯炯有神。這間公司很重視學閥和人脈，能單靠實力爬上副社長這個位置並不是容易的事。大約是在兩年前左右前他完成了一個大案子，給公司帶來龐大利益。偶爾聽說他很有可能就是下一任社長的風聲。通常不太可能會有這種人事安排，不過現在公司保守的風氣也漸漸開始轉變。現任社長做出大膽決定的可能性相當高。幾經考量，智宏低下頭。

「謝謝您。」

「工作還有趣嗎？」

「是的。」

「那太好了，下次喝酒時你也一起來。」

副社長轉過頭去，交代如影隨形的秘書。

「下次餐會記得叫他一起來。」

智宏很驚訝，但同時也感到一陣涼意。他腦中浮現了「派系」這兩個字。眼前這個男人如果能當上社長自然再好不過。假如他一旦失勢，自己也可能被打入冷宮。

該乘勢而上，還是避而遠之？

該抉擇的時候終於到了。他很煩惱。眼前是人生的分叉路。所以他才會到夜店去，跟以前一樣找個女人回來。

「我好像有點厭戰了。」

高中時曾聽過的那句話又迴響在耳邊。看來還是老老實實工作，等待安穩退休比較好吧。別妄想出人頭地，現在自己的生活已經比大部份人好多了。但是，這樣真的好嗎？難道自己身上沒有更多可能嗎？

「那我走了。」

吃完飯後她把碗盤也洗好，肩背著皮包。衣服上雖然有些皺紋，但是看她的站姿，儼然是個幹練的職業婦女。

「可以問妳一件事嗎？」

「什麼？」

「其實，現在我們副社長有意要提拔我，可是副社長不屬於我們公司的學閥，一般說來他不太可能當上社長——。」

「但是以他的能力只做閒差太可惜了。」

「沒錯，他非常能幹。」

「你有勝算嗎？」

「大概五五波吧。」

她笑了。

「要是我就會賭一把。既然有五成勝算，也不算太差嘛。」

「我們公司往來對象多半是政府機關，其實我也可以選擇不蹚這趟渾水。這樣絕對可以明哲保身。」

「也不知道該不該羨慕你。」

「什麼意思？」

「你不覺得這樣很無聊嗎？」

她只丟下這一句，就頭也不回地走了。留在房中的智宏，腦中不斷想著那句話。最後他終於想起來了。昨天晚上高潮時，她在上面，隨心所欲地動著。啊，沒錯。自己不是撿人，而是被撿的一方。

直到最後，他依然不知道對方的名字。

大阪燒

材料

- 麵粉——一百公克
- 雞蛋——一顆
- 豬肉——一百公克
- 高麗菜——1／4顆
- 蔥——一根
- 水——一杯
- 粒狀高湯——五公克

兩人都餓了。

「吃點東西吧。」

隆平提議。

「好啊。」

綾也點點頭。

她的回答聽來有些彆扭，是因為剛開始一起生活的關係嗎？隆平心想。兩人過去交往時並沒有這種感覺。綾，還有自己，都可以輕鬆開懷地笑。而現在卻覺得莫名緊張。

搬到這房間才剛滿一星期。

「小隆，你剛剛去買東西了吧？」

「只是去便利商店，買了咖啡凍和啤酒而已。」

「好奇怪的組合。」

「其實真正想買的是啤酒，但突然覺得咖啡凍看起來好好吃。便利商店這種地方真危險，總是會忍不住買不必要的東西回來。」

「真的，就是會忍不住。」

隨口說著這些可有可無的話，兩人走向廚房。剛開始一起住的這房間並不太寬敞。只有兩房兩廳。靠兩個人的收入要租下這間房間已經是極限了。房裡放不下任何一點多餘的東西。

「總有一邊得丟掉。」

決定同居時他們討論過這件事。還記得那是在綾的房間裡。

「比方說冰箱，還有電鍋這些。」

隆平以前住在三鷹，綾住在西荻。去新宿玩後再回三鷹很麻煩，他經常住在綾的房間裡。那天也一樣，到新宿看完電影後，兩人回綾的家喝酒。

以前他們會找風評好的店在外面喝，自從決定同居，這習慣就改了。為了存下新居的保證金和禮金等等，開始過起節約生活。隆平是攝影師，綾是文字工作者，這些工作聽起來風光，但剛入行的兩人幾乎一貧如洗。他們每天都感嘆，反倒是副業打工賺的錢多。

「不需要兩個冰箱啊。」

「那就丟了吧。」

隆平說得簡單，但綾並沒有點頭。她偏著頭。

「好可惜喔。」

「但是留兩個有什麼用？」

「當壞掉時候可以備用啊。」

「可是沒地方放。」

也對。綾交抱著雙手。她長長頭髮蓋在手臂上。剛認識時綾是一頭短髮。雖然很適合她，不過隆平喜歡女孩留長髮，再三要她留長。綾嘴裡發牢騷，覺得不喜歡、很麻煩、洗起頭來很費事等等，但真正開始交往之後，綾就沒剪過頭髮，頂多修修髮尾。頭髮漸漸長過肩膀，現在已經來到胸前，是扎扎實實的長髮了。

每當看到綾搖曳的髮絲，隆平便止不住心中的悸動。看到她願意配合自己喜好的身影……不，應該說看到她的真心……就覺得滿心幸福。

「對了，小隆，我們請回收店來吧。」

「回收店？那是什麼？」

「中山大道後面有一家很大的店吧。」

「妳是說我買電風扇的地方嗎？」

「請他們來收洗衣機或吸塵器吧。」

「不覺得很麻煩嗎？還是丟了比較簡單。」

我說你啊。綾有些無奈地說。

「要丟東西也得花不少錢呢。」

綾打開筆記型電腦，操作了一會兒，然後亮出畫面。看起來好像是區公所的網站。

電視二千八百三十圓，冰箱四千八百三十圓，洗衣機兩千五百二十圓。要丟東西會被徵收這麼多錢喔。比起金額本身，隆平看到每樣東西都得付費，感到相當驚訝。

「要把每樣重複的東西都丟掉可要花不少錢。與其這樣，就算免費也好，還不如請人來收走吧。」

隆平也只能附和。

「妳腦筋真好呢。」

關東人就是這點不行。綾說道。雖然已經習慣東京的生活，但她老家在關西，偶爾會出現故鄉的腔調。

冰箱裡沒什麼像樣的東西。半顆高麗菜、三顆蛋、一根快乾掉的蔥……就這些。還有調味料。打開冷凍庫，幸運地還有些五花肉。那是之前做生薑豬肉片時剩下的。

「來炒個菜吧。」

聽到隆平的提議，綾並沒有點頭。好像在考慮什麼。

「怎麼了？」

「嗯嗯。」

「老是這種表情會長皺紋的。」

「你很壞心眼耶。」

說著，綾拍了一下他的肩膀。但並沒有用力，只是鬧著玩。

「還是來炒個青菜吧。」

「那還得煮飯。我這電鍋得煮四十分鐘呢。」

「那也沒辦法，就邊喝啤酒邊等吧。」

「不要從大中午就開始喝啦，之前不是跟你說過了嗎。」

「那妳說要怎麼辦。」

隆平老大不高興地說。綾說，來做大阪燒吧。

「反正材料都有了。」

在東京出生長大的隆平從不曾在自家做過大阪燒。他一直以為那是在外面餐廳才能吃到的東西。綾沒理呆呆杵在那裡的隆平，逕自俐落地把蛋、蔥，還有高麗菜擺在桌上。

「下次得買個大碗才行。」

說著，綾拿出鍋子，好像打算用鍋子代替大碗。這鍋子是隆平的。

「小隆，你切一下高麗菜。」

「喔，好。」

「要切得比一般高麗菜絲再寬一點，蔥也是。」

「還要加蔥嗎？」

「那當然！怎麼可能不放蔥。」

隆平乖乖聽從她的依照指示。綾完全掌握著主導權。他滿心疑惑，切著高麗菜，綾過來看了一眼，不禁對他說。

「這樣不行啦，要再切細一點。」

「什麼，還要再細嗎？」

「那當然啊，再細一點。」

隆平體格健壯，手也很大，而且很笨拙。為了符合綾的要求，菜刀動得怯生生地。

「不錯不錯，就是這樣。」

隆平突然發現。

「為什麼妳講話突然變成關西腔？」

「喔，是嗎？」

「妳剛剛完全就是關西腔。」

「為什麼呢？大概是在做大阪燒的關係吧。」

「妳看，現在也是。」

「現在我是故意的。」

真是這樣嗎？聽她這樣嘴硬更令人覺得可疑。

「欸，妳在幹什麼？」

「我覺得還是得來點炸麵渣。」

綾在加了油的平底鍋裡，像甩筷子一樣滴進用水和過的麵粉糊。麵渣接二連三地在油上浮起，等到顏色變得金黃，再將它們撈起。這平底鍋原本是綾的。

「然後該怎麼辦？」

「攪拌均勻就行了。」

「把所有東西都丟進去嗎？」

「沒錯沒錯。」

「知道了。」

從剛剛開始他就只能聽從綾的指示，雖然有點不滿，但是兩人一起做菜還挺愉快的。這樣好像更有一起生活的感覺。他不是嘴硬逞強，心裡確實感到無端雀躍。

「我們一起住吧。」

當初是隆平提議同居的。在那之前，彼此都經常說起很想一起生活、想一直在一起。這應該是動了真情的戀愛吧。他心裡並不是沒有猶豫。一起生活之後可能會發現彼此討厭的地方。不過，想跟對方在一起的心意終究還是占了上風。

綾也率直地點頭。

「那我們就一直在一起吧。」

隆平還記得當時綾的表情，看起來很幸福。說不定自己的表情也一樣。

「還得再拌均勻一點啦。」

「像這樣嗎？」

「再用點力，好像要把空氣拌進去一樣。」

「為什麼？」

「這樣煎出來的麵皮才會蓬鬆。」

在取代大碗的鍋裡放了蛋、麵粉，切好的高麗菜和蔥、水，還有炸麵渣。

綾最後加了顆粒狀的高湯粉。

「還要加這個啊？」

「那當然。」

「喔，不虧是關西人！」

「你剛剛這樣講好像在稱讚我。」

最後煎的部份由綾來動手。這部份好像也有講究的步驟。熱好平底鍋後倒進材料，然後將豬肉片擺在最上方。平底鍋發出滋滋聲響。

「煎好了嗎？」

「還早呢！」

「妳還要說關西腔說到什麼時候。」

「還早呢！」

也不知道她是故意開玩笑還是認真回答。雖然不知道，但隆平沒追問，只是笑著。

冰箱和微波爐是綾的，平底鍋也是。鍋子和桌子是隆平的。這房子裡混雜著彼此的東西，但是總有一天，一切都會融為一體。

就像這大阪燒一樣。

麵線

材料

麵線——兩束

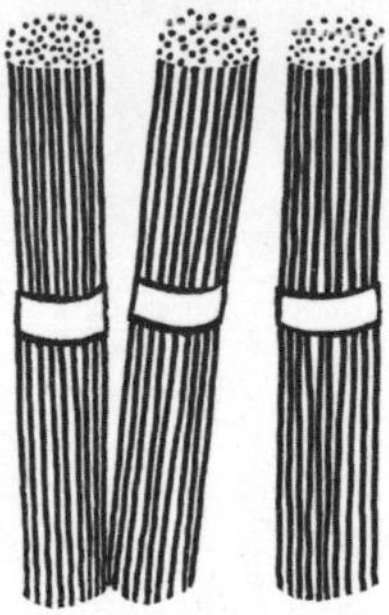

跟丈夫分手已經三年了。剛分手的時候她打擊很大。為了安慰自己，她試著告訴自己記憶這種東西會漸漸淡薄，不過，有許多事反而愈來愈鮮明。在某一個瞬間，許多東西會頓時甦醒，一點都沒有淡去。

岡本沙耶唯一能做的只剩下困惑。

他們並不是因為討厭對方而分手的。只能說是情勢所趨，或者說，如果不分手，就無法給彼此的情緒一個交代。分開之後，如今她心裡對對方不再有愛意。如果硬要形容，對他的感覺就像是國中時代的同學一樣。會念書（在大銀行總公司上班）、長相端整（酷似某個演員）、出身好（是愛媛某個世家的三男），個性爽朗的繼久。在這個歷史悠久的家族中，每個人的名字裡都有個通字，不管是公公或是叔父，總之每個人都叫阿久。在東京衛星市鎮長大的沙耶實在分不清這些名字的差別，還請丈夫畫了簡單的家譜，不過她還是記不住。

而丈夫……不，應該說是前夫繼久，寄了東西來。那時是七月中，應該算是中元節禮品吧。

「辛苦了。」

對宅配送貨員道過謝後，沙耶坐在廚房桌前。打開外袋，是裝在桐木箱裡的高級麵線。好像是大和地方產的。她猜想是直接將古老地名用來當商品名稱，看著盒底的貼紙，果然沒錯。

「是麵線啊。」

她低喃道，打開盒蓋。一個人住久了，自言自語的次數確實會增加。麵線本身的好壞，從外表看不出來，不過綑住成束麵線的紙，用的是有透光圖案的和紙。不愧是用桐木盒裝的高級麵線。

看著如此高級的麵線，她抬起頭，眼前卻是一點也不高級的公寓房間。這棟公寓名字叫做友部華廈，實際上只是用輕量鋼筋建造的三層公寓，牆壁很薄，隔壁稍有聲響都能馬上察覺到，樓上走路的聲音也聽得一清二楚。自從搬到這裡，為了避免自己的腳步聲吵到樓下鄰居，沙耶走路總是躡手躡腳。其實她也不是沒能力租更好的地方，但是這種房間或許比較適合自己。

分手時丈夫給了不少贍養費，大約有當時夫婦兩人存款的七、八成左右吧。兩人分手的原因並不是出於他單方面的過錯，其實他沒有必要給那麼多。

「妳先生給的贍養費真的是這個數字嗎？」

連居中處理的律師都覺得很驚訝。這件事根本沒必要特別請律師，可是做任何事都仔細慎重的繼久還是請了。

「沒錯，就是這個金額。」

「這可真難得呢。」

「是啊。」

「真的很難得。」

律師又重複了一遍。夫婦兩人本來就沒什麼爭執，她跟律師之間也沒說太多，離婚就這樣成立了。

「要保重身體。」

「你也是。」

「是啊，得好好注意才行。」

那間空蕩蕩的公寓，就是夫婦兩人的結局。說是公寓，其實只是租來的公司宿舍。

「我家有很多人都得了肝癌。」

「你沒那麼常喝酒，不要緊的。」

「跟酒好像沒什麼關係。之前死於肝癌的親戚原本就不太喝酒。這是遺傳性的。我叔叔說，應該是祖先的詛咒。我家流有武士的血，聽說過去做了不少殘忍的事。」

「只是迷信吧。」

「也是啦。」

「但是聽了還是忍不住介意。」

「是嗎，你會在意這些啊。」

說完之後，他看著空無一物的房間。接下來他好像得去上班，身上的裝扮一絲不苟。深灰色合身西裝、銀色領帶。典型的銀行員裝扮，不過襯衫領口的縫線很雅致。那縫線不是單純的等距離，而是有規則地忽寬忽窄。不知道是昂貴的成衣還是訂製品。本來想問，但這個問題並不適合在分手的局面提。

「真不可思議呢。」

「啊，你說什麼？」

「有家具的時候反而感覺房子比較寬敞。」

聽他這麼說，好像確實如此。

「為什麼呢？」

「大概是因為塞滿了很多回憶吧。」

沙耶嚇了一跳，感到很意外。她沒料到丈夫會說出這麼傷感的話。

看看他的臉，繼久的表情很認真。

那時她眼角一熱。提出分手時，沙耶自己平靜地辦理手續。沒時間沈浸在情緒裡，許多手續迎面撲來，光是處理這些就已經快應付不來。不過其實哭一次也無妨吧。畢竟自己是女人。她一直覺得繼久為人冰冷務實，但自己可能也沒有兩樣。

「那我差不多該走了。」

「我也是。」

兩人離開房間。這裡還算寬敞，但是到頭來，它終究不是一個家，只是個房間。

「那就這樣了。」

「嗯。」

這就是兩人最後的對話。回家路上，她當然是一個人。她並沒有哭，還去銀座吃了蛋糕。

三字頭過了一半，沙耶現在勉強能維持生活。回頭想想，都是多虧了那筆高於一般行情的贍養費。她用那筆錢租了房子、重新上大學，然後才能找到學以致用的工作。她不知道繼久是不是連這些都預想到了，不過聰明的他，不可能只為了表現自己的心意，就給出那麼一大筆錢吧。

她從公司打電話給他道謝。

「謝謝你寄來的麵線。」

「喔，已經收到啦。」

繼久也正在工作。

「是客戶送我的。」

原則上公司禁止打私人電話，但是並沒有規定得太嚴格。再說，繼久工作的銀行，也是沙耶公司的往來銀行。就算公司系統部門監聽電話，也不會被懷疑。

「你們可以收這種東西啊？我還以為銀行比較嚴格呢。」

「只是麵線還無所謂，拒絕反而顯得失禮，對方也知道這一點，才刻意選在這種曖昧的界線邊緣。不過老實說，我不愛吃麵線，所以才塞給妳。」

「塞給妳」這幾個字，可以感受到他特有的體貼。說是中元節的禮物顯得見外，要說是特地贈送，又好像希望別人領情感恩。

現在的說法，雙方都可以談笑面對。

「那我就滿懷感恩地收下吧。」

「妳喜歡吃麵線吧？」

「對啊。」

「麵線到底哪裡好吃？」

「吃起來很清爽啊。」

「但妳不覺得麵線這種東西總是不知道該吃到什麼地步嗎？到底要吃多少才算夠呢？」

「覺得肚子飽了就別再吃了啊。」

「我就是感覺不到這一點。」

「什麼意思？」

「如果自己覺得差不多、不再吃了，之後很快就會肚子餓。要是覺得自己確實吃得很飽，又會太撐不舒服。」

「我不會這樣耶。」

「妳果然比我聰明多了。」

兩人聊聊彼此的近況，掛了電話。

在掛上電話後可就忙碌了。上司拜託沙耶加班，她在公司留到晚上十點。工作內容只是單純的製作資料，她一邊工作一邊不停嘆氣。把終於整理好的資料交給上司，走上回家的路。電車很擠，身邊站的男人體臭讓她不知如何是好。肚子明明很餓，卻沒有食慾。回到家後她馬上先沖澡。洗完頭髮後這才清爽許多，又恢復一點食慾。可是因為太過疲勞，已經無心好好做頓飯，她決定燙些麵線來吃。剛洗的頭髮還沒乾，她先將麵線丟進沸騰的熱水中。撕開透光和紙，拿出兩束。麵線在熱水裡滾動。她一直看著鍋裡。

回憶起來的總是些細小瑣事。繼久襯衫的縫線，皮包上小小的污漬，在銀座吃的蛋糕上那顆異樣鮮亮的草莓。上面一定塗了糖蜜吧。本來覺得吃起來一定很甜，沒想到卻意外地酸。而整段結婚生活卻顯得模糊。明明一起生活了五年，什麼時候、到過哪裡、做了些什麼事，她都無法清楚地回憶起來。偶爾她伸出手試著想觸摸，但是指尖只是在什麼都沒有的地方徒然抓著。偶爾覺得自己抓住了，卻只是片段，而那些片段顯得格外閃亮。她用大量流動清水將麵線沖涼，沾著現成醬汁吃。

「啊，好好吃！」

吸了一口，她忍不住出聲驚嘆。麵很有嚼勁，但是卻滑順地流進喉嚨裡。她忍不住拿起行動電話，打電話給繼久。

「咦，怎麼了？」

「我正在吃麵線。」

「真是嚇了我一跳。」

「這麵線非常好吃呢！」

「是嗎。」

「真的很好吃！」

說了之後，她才覺得自己這麼急促的語氣聽起來簡直像個孩子，難為情了起來。仔細想想，這件事也犯不著特地打電話。大概是白天講電話時的輕鬆心情還殘留著吧。

「妳開心就好。」

「謝謝。」

「剩下的我也會好好享用。」

「下次收到再寄給妳。」

「我很期待。」

「對了，我問妳……。」

「什麼事？」

「如果當時那孩子順利地生下來，我們現在是不是還會在一起？」

「對啊。」

「我們會過得幸福嗎。」

「應該會吧。」

「真抱歉。」

「不要緊。」

掛了電話之後，她又吃了一口麵線。兩束麵剛好能填飽肚子，也不會太撐。

妳果然比我聰明多了——。

看著成空的器皿，想起前夫的話。她心想，才沒有那回事呢。她又想，不過或許在他眼中，自己確實是這樣。

味噌醃魚

材料

味噌——二百公克

紅鮒——半片

唉呀，正吉心想，這下可麻煩了。正吉住的房子是祖父蓋的，屋齡將近百年。屋簷前的外柱用的是從自家山林砍下的檜木。雖然不及這房子老，但正吉也上了年紀。今年春天，他放棄不再開車。

「爸，我有話要跟你說。」

很久沒回家的兒子，有了自己的家庭，工作也很體面。一臉能幹相。

「你能不能別再開車了？」

什麼？正吉說道。

「為什麼？」

「我很擔心，我剛剛看了，你這樣上路實在太危險。你也快八十歲了，眼睛和直覺都變得遲鈍，我看不能再開車了。」

兒子話說得很白，然後沈默了下來，看起來並不打算再開口，正吉吃著麻糬，看看兒子，他只是耐心等待著。

他從小就是個聰明的孩子。

正吉沒讀什麼書，在造船工廠當銲接工。多虧了造船好景一時，讓他能供兩個孩子上大學。畢業之後，長男進了一間不小的公司。正吉工作的造船公司好像就隸屬那間公司的集團。看看組織表，原來如此，整個集團的最頂端就是兒子的公司。

還在工作時，母公司的人一年會來視察幾次。公司裡那些高不可攀的董事，遇到母公司的年輕人說話都格外客氣。這實在讓他看了不太習慣，很不是滋味。兒子工作的公司就是那間母公司的母公司。一想到那些看起來意氣風發的年輕人，在兒子面前或許也會卑躬屈膝，他的心情就更複雜了。

這也沒辦法——。

想著想著，正吉把麻糬嚥了下去。一陣風吹起，吹動了竹簾，飄來線香的味道。相伴五十年的妻子已經先走一步。正吉現在一個人住。他看著佛壇上的遺照。妻子的照片很年輕，大概是十年左右前拍的，還修過片，看來好像個陌生人，不過正吉看了胸口還是一陣酸楚。兒子很有禮貌地等著。

「知道了，就聽你的吧。」

這件事就這麼簡單地解決了。車子由兒子拿去賣，手續也都由他辦理。賣完車的錢匯到正吉賬戶裡。正吉從骯髒的工作褲取出菸。雖然洗過，但油污和泥土的髒污沒那麼容易洗掉。

「你還抽煙嗎？」

「又怎麼了。」

「對身體不太好。」

「我虛歲都八十了，已經活夠了。」

其實沒車好像也沒什麼大礙。市營巴士每小時有一班，六十五歲以上免費。每個月兩、三次購物，搭巴士就能解決。而且大部份的東西他都能自給自足。還有親戚們拿來分送的許多東西。大家都異口同聲地稱讚兒子。阿正啊，你真是生了個好兒子。

「是嗎。」

每次回答，他就覺得又開心、又難為情、又不甘。這些心情連正吉自己也覺得困惑。他確實是個好兒子吧。開口要自己放棄開車時，他筆直地望著自己，那孩子確實很有膽識。

這也沒辦法——。

他又重複了一次自己的口頭禪，咬一口自己種的白薯。吃著蜂斗菜，將香魚放進嘴裡。他早已習慣一個人住。

就在夏天快到時，發生了變化。

「亞紀能託給你嗎？」

兒子打了電話來。聲音很低沈。亞紀是兒子的女兒，也就是正吉的孫女。

「怎麼了？」

「沒有，剛好放暑假。我想跟爺爺一起住對亞紀來說也不錯，我想讓她了解鄉下的好。」

畢竟是自己養到十八歲的兒子，他馬上知道兒子一定在隱瞞著什麼。正因為如此，正吉二話不說便答應了。

「我無所謂。」

孫女搭著急行電車來了。前三天兩人幾乎沒怎麼交談。他說飯好了，孫女應了一聲就來吃飯；他說水燒好了，孫女應了一聲便去洗澡。她並沒有表現出反抗的態度，但也並不特別親人。

這也沒辦法——。

他的心情跟面對兒子時差不多，不過孫子的距離就更遠了，更別說是個女孩。他不知道該怎麼面對她。大概是漸漸習慣了環境，孫女開始在附近散步。

「怎麼樣？」

晚餐時，正吉問道。孫女沒回答，反過來問他。

「這裡沒有便利商店嗎？」

「隔壁村有。」

「要多久？」

開車的話……。話說了一半正吉又吞了回去。他已經沒有車了。已經放棄了。

「搭巴士大概三十分鐘吧。」

「三十分鐘……。」

「我借妳村民證，只要兩百圓。」

孫女搖搖頭。

「不用，沒關係。」

在那之後，兩人都沈默了下來，將飯送進口中，喝著味噌湯，咬一口十年的奈良醬菜。

他正要整理餐具，孫女說。

「爺爺，我來吧。」

「是嗎？」

「只要洗好就行了吧。」

從那之後，孫女開始幫忙餐後收拾碗盤。這段時間，正吉在客廳裡抽菸。

「洗好了。」

孫女走了回來。正吉點點頭。

「喔。」

附近的阿良送來了紅鮒。他兒子在福井，一到產季就會寄來兩三隻。阿良跟正吉一樣獨居，當然不可能吃得完，每次總會分一隻給正吉。看到這麼漂亮的紅鮒，孫女顯得很興奮。

「這要怎麼處理啊？」

「先生吃吧。」

「但是也吃不完這麼多吧，剩下的要怎麼辦，冰起來嗎？」

不，正吉說。

「半片用味噌醃。」

「為什麼要醃？」

「因為這魚很好。」

正吉笑著說。

「冷凍起來實在太浪費了。」

日子就這樣安靜平穩地過去。孫女有時呆呆地發愣，而正吉也沒多說什麼。終於，盂蘭盆節到了。小村子雖然冷清，不過一到夏天還是有許多年輕人回來。留在當地的年輕人會一起練習「求愛歌」。正吉年輕時參加過這練習。歌裡寫的淨是俚俗露骨的艷情歌詞，所以才被稱為求愛歌吧。

「老爸。」

盂蘭盆前接到了電話。

「我二十號左右會去接亞紀。」

「是嗎。」

對話就這樣結束，雙方都乾脆地掛上電話。轉過頭，孫女站在身後，他不能不轉告。

「妳爸下星期來接妳。」

孫女沒說話，握緊了雙手。

「想去看盂蘭盆舞嗎？」

「好。」

他拜託附近的阿雪替孫女穿浴衣，浴衣是妻子留下來的。

喔……。正吉低吟道。

「已經長成漂亮的姑娘了呢。」

「都已經十五歲了啊。」

阿雪也笑了。她以前是個美女，不過現在已經是個經過風吹日曬、滿臉皺紋的老太婆了。而自己也經歷了同樣的歲月。他們慢吞吞走在一條漆黑的道路上。最後終於到達的廣場，已經開始跳盆舞了。大概有三、四十個人吧。正吉心想，還真是冷清。從前全村的人都會來呢。

「妳要不要跳跳看？」

「啊？可是我不會啊。」

孫女顯得不知所措。

「模倣前面的人就行了。」

最後他硬是把孫女推了出去。跳過兩、三輪，孫女已經牢記了舞步。附近有幾個年輕男人不時在偷看著孫女。他心裡又覺得驕傲、又有些焦急。到底哪一種才是真正的心意呢？

「爺爺。」

孫女叫了他。

「一起跳吧。」

反倒是正吉被強拉了進去。跳到一半，有個拍擊團扇的段落。把手往右邊揮、踏出左腳，再轉身拍團扇。好久沒跳了，但是身體都還記得這些舞步。

不知不覺中，正吉也跳得很投入。身體比想像中更靈活。孫女的聲音將自己拉回現實。

「爺爺，我們家可能已經不行了。」

「是嗎？」

「如果爸媽離婚，我可以住在這裡嗎？」

「妳想怎麼樣都可以。」

「嗯。」

「我會想辦法的。」

「嗯。」

正吉和亞紀跳著舞。只是跳著舞。事實上可能會很辛苦吧。但正吉已經下定決心。能保護孫女……能保護亞紀的，就只有自己了。

「爺爺。」

「什麼？」

「謝謝。」

正吉沒回答，只是繼續跳。他們跳了好幾輪，每當轉身時，他就能看見亞紀的臉。她的笑臉跟妻子很像。

「肚子好餓喔。」

一回家亞紀叫餓。不過是跳個盆舞，卻也能耗盡體力。正吉也覺得肚子很空虛。

「吃紅鮒跟白飯行嗎？」

「那魚還有嗎？」

「用味噌醃起來了。」

「可以吃嗎？」

「廢話。」

這頓飯非常簡單。味噌湯裡只有馬鈴薯、醬菜、白飯，再將醃在味噌裡的紅鮒烤過。

「啊，好好吃喔！」

魚肉一放進嘴巴，亞紀頓時叫道。

「原來醃在味噌裡可以保存這麼久。」

「放一個星期左右沒問題。」

「比直接烤更好吃，而且魚肉也很有光澤，好漂亮。」

亞紀吃了飯、吃了紅鮒，還喝了味噌湯。他知道孫女有話沒說完，正吉只是等著。沒錯，他已經習慣等待了。

亞紀抬起頭。

「爺爺，只要花時間等，就會變好吃嗎？」

那視線裡帶著求助的味道。

正吉想了想回答道。

「是啊，大部份東西都會的。」

普羅旺斯燉菜

材料

- 馬鈴薯——中等大小一顆
- 洋蔥——中等大小一顆
- 彩椒——兩顆
- 茄子——一根
- 櫛瓜——一條
- 大蒜——一片
- 番茄——中等大小兩顆
- 月桂葉——一片
- 羅勒——少許
- 絞肉——二百公克

被甩了。敗得體無完膚。慘不忍睹。所以井村周子從白天就開始喝啤酒。

「真是的——。」

甩掉她的是打工同事。他們在一間時尚居酒屋工作，不過再怎麼時髦居酒屋畢竟是居酒屋，炸雞塊三百八十圓、毛豆兩百三十圓。價錢便宜，但氣氛還不錯，所以店裡有許多情侶。而這樣的特色也反應在店員身上，在這裡工作的人外表都清潔爽朗。周子喜歡的小輝也是這一型的。他頭髮染成灰冷色系，瀏海漂亮地順到一旁去。

「喂，你的瀏海用了髮蠟嗎？」

不知道是什麼時候，她曾經在休息時間這麼問過。小小的辦公室裡只有周子和小輝兩個人在。她有點高興，也非常緊張。

「對啊，有用髮蠟。」

「你瀏海都不會塌耶，從來店裡一直到下班時間，好像都不會動。」

「我這方面好像滿有天分的。」

小輝翻著音樂雜誌回應道。他的名字叫野田輝之，所以叫他小輝。

「高中的時候大家都叫我髮蠟之神。」

「什麼啊，真怪。」

「因為只要是我整理過的髮型，絕對不會塌。」

「有什麼訣竅嗎？」

「沒有耶。」

「還是你在雜誌上學來的？」

「這是我自創的。不過我整理過的頭髮都很聽話。以前上學的時候，還有些頭髮蓬鬆的朋友會直接拿髮蠟來跟我說，小輝，拜託幫我弄頭髮，至少會排上三個人呢。」

「不會吧。」

真的啦，小輝笑著說。他上的大學還不錯，是從附屬高中直升上來的。小輝自己說過，這讓他很難為情。一般來說，都會在高中時好好念書，考個好一兩個等級的大學。小輝高中的時候一定成天在玩吧。他身上散發著這種味道。好像已經很熟悉這種場合了。店裡生意不錯，忙起來時每個人都手忙腳亂，但這種時候小輝依然一派輕鬆自在。

「那你將來想當髮型設計師嗎？」

「我才不想。聽說很辛苦又賺不到多少錢，還有很多人因為傷到腰而辭職。我將來要找份正經工作，好好上班，然後出人頭地。不要再走高中時的回頭路了。」

「我才不相信。」

「為什麼？」

「因為我聽過很多風聲啊。你跟阿松還有小嶋他們去海邊了吧，聽說你們在那裡到處找人搭訕。」

「妳為什麼知道這些？」

他故作困擾。沒有錯，那表情看起來真的非常刻意。

「因為小嶋在我們面前吹噓啊。」

「喔，妳說嶋田啊。那傢伙嘴巴真的很不牢靠。」

「那你跟搭訕到的女孩子後來怎麼樣了？」

「您別疑心太重，真的沒什麼。」

「你為什麼突然說話變這麼客氣？」

「沒有啦，真的沒什麼。」

「太可疑了。」

真的啦！他嘴上雖然這麼說，但這次卻沒有剛剛的刻意。他的視線落在雜誌上，隨手翻著。男孩子就是這樣，她的嫉妒心不斷翻湧。

「我看還是去告白吧。」

「不要緊，一定沒問題的啦。」

「我也這麼覺得。」

跟打工地方的女同事一起喝酒時，大家突然起鬨。一開始聊著學校的事，接著聊起將來的夢想，隨著酒意漸濃，不知為什麼開始聊起戀愛。只有女孩子才會這樣嗎？還是男孩子也一樣？

「不可能的啦。」

她雖然這麼說，不過其實心裡很希望有人在後面推她一把。

「我們是打工同事耶。」

「那又怎麼樣？」

「萬一被拒絕以後見面很尷尬啊。」

「嗯，也對啦。」

「要是我就無所謂。」

「是嗎？為什麼？」

「這是兩回事啊。妳看看，我這個人心裡一有事就會馬上表現出來，對方一定馬上就看出來。不說反而會讓彼此尷尬。」

「喔，原來如此。」

「那是花奈妳比較特殊啦。」

她偏著頭。

「所以只有我會這樣嗎？」

「這樣也沒有什麼不好啊，表示妳個性很率真。」

「說不定這樣比較吃香呢。」

「有道理。」

接著話題轉到花奈的戀愛故事上，聽到她過去交往過的人數，周子感到非常驚訝，而且她對花奈在同時期與許多人交往，也非常驚訝。

「唉，完了完了。」

是誰隨著嘆息說出這句話的呢。

「什麼完了？」

「這世界上的男人，好像全都被花奈搶走了。」

「這下我們怎麼辦！」

「得改變策略才行。」

「到最後，只有像花奈這種人才能夠贏得一切。」

女人之間的對話就這樣沒完沒了的繼續下去。到底是誰說了什麼，一點也無所謂，話說的也就過去了。有些還記得，也有些馬上就忘了，這種對話或許一點意義也沒有。不過無所謂。反正很開心。

「周子，妳不告白不行啦。小輝會被花奈搶走的。」

「為什麼會出現這種結論！」

「一定會的啦。」

「嗯！」

「會會會！」

確實，大家說的可能沒錯。在那之後，每次看到小輝和花奈在說話，她心裡就覺得不平靜。於是她告白了。

「對不起，我不能接受妳。」

小輝稍微想了想，然後低下頭。

「我現在有女朋友。」

「你有女朋友啊。」

「嗯，是我們大學裡的。對不起啊。」

兩人之間並沒有因此變得尷尬，小輝還是跟平常一樣對待她，周子也表現得沒有兩樣。她沒有告訴任何人自己告白過這件事。當然被甩的事也沒說。

啤酒喝完時，行動電話響了。酒量好其實也不見得是好事，光喝這麼一點根本醉不了。她心裡正想著要不要再出去買啤酒，但是一拿起行動電話，就忍不住叫了一聲。

「不會吧！」

液晶螢幕上顯示的是小輝的名字。她登錄了全名，野田輝之。周子慌忙按下通話鍵。

「喂，是我。」

「嗯，是我。」

「我忘了付瓦斯費，現在不能煮飯也不能洗澡，糟透了。」

「嗯。」

「我可以去周子妳家嗎？」

「可以是可以。」

「妳住在富士見台吧？」

「對。」

「妳家在哪裡？」

「我到車站去接你。」

接著，小輝來了。也不知道為什麼，他提著超市的購物袋，裡面裝著很多東西，整個袋子鼓鼓脹脹的。

「那是什麼？」

「普羅旺斯燉菜的材料。」

「那是什麼？」

「一種南法料理。這名字聽起來煞有介事，不過其實就像日本的燉菜一樣。我就用這一餐來報答妳讓我借宿一宿吧。」

「你這個人真奇怪。」

雖然知道是開玩笑，但是她還是笑得跟個傻子一樣。似乎有些亢奮過頭了。

「真的很簡單啦。」

小輝說得沒錯。在鍋裡倒進橄欖油，然後丟進洋蔥、彩椒和櫛瓜，還有馬鈴薯和絞肉，用小火煎就行了。蔬菜會釋放水份，感覺跟燉菜一樣。最後，再加進番茄和香料就大功告成。

「好，做得真不錯。」

嘗過味道之後，小輝笑了。看起來真可愛。

「妳也吃吃看吧。」

他遞出湯匙。吃進嘴裡的味道真的很棒。啊，大蒜味真香。

「這樣就沒問題了。」

「什麼意思？」

「這麼一來，接吻的時候才不會只有我有惹人厭的大蒜味。」

周子覺得困惑，但身體不自由主地點了頭。兩人就這樣雙唇相接。小輝吻功很好。因為他技巧很好，更讓周子覺得不安。

「這樣對你女朋友很不好意思。」

「也是啦。」

「感覺對不起她。」

自己這些說的話真奇怪。該擔心的不是他女朋友，而是跟一個已經有女朋友的男人接吻的自己。

「老實告訴妳吧，其實我不該說的，但還是說好了。我說家裡瓦斯沒了是騙妳的，其實是因為跟女朋友吵架，覺得很難受。」

小輝拿著鍋勺攪拌著鍋裡。

「我只是因為現在很脆弱，希望有人能對我好。這種時候又不能去找男的朋友撒嬌。我雖然拒絕了妳，但其實妳剛好是我喜歡的類型。唉，不行，我這樣太卑鄙了。」

看著他的側臉，周子已經不在乎這到底是迷戀還是愛了。剛剛嘴唇的感觸還留著。好舒服。說不定小輝只是故作誠實，骨子裡打算玩弄自己。但那也無所謂了。想再次回味嘴唇感觸的心情更加強烈。她把額頭抵在小輝肩上，說道。「不要緊，這樣也不要緊。」

才喝了一罐啤酒，怎麼就已經醉了呢。

熱咖啡

材料

十圓硬幣——九枚

一個人搭著公司的電梯，電梯停在二十四樓，打開的門外站著前男友。兩人都面露尷尬。但也不能在這裡出電梯。都築祥子已經先按下二十九樓的按鈕。

「請進。」

祥子搶在尷尬加深之前先說。

「謝謝。」

前男友客氣地說道，搭進了電梯。

「到幾樓？」

「二十七樓，麻煩妳了。」

這樣說話實在讓祥子很不自在。

她沈默地站著，前男友也沈默不說話。電梯裡靜到能聽見馬達驅動聲。

跟他分手是三年前的事。直到最後，祥子都以為兩人交往得很順利，她心裡暗自考慮著將來。至少要生一個孩子，然後育嬰假應該會由自己來請吧。一到書店，總是會不自由主地注意到婚禮資訊和育兒雜誌。

沒想到一切卻突然畫下句點。

「為什麼？」

聽到祥子這麼問，他深深吐出一口氣。

「我該老實說嗎？」

有人這麼問的嗎？如果自己不點頭，難道就不老實說了？

「我不希望你敷衍我。」

她的口氣不知不覺尖銳了起來。

他深深吐出一口氣。

「我就是受不了妳這種地方。為什麼什麼事都要這麼認真呢？」

「這不是理所當然的嗎？難道我應該說，『喔！是嗎，好吧，那就分手吧。』還是你想把一切過錯都推到我身上？」

「這不是誰對誰錯的問題吧？妳是個好女人。長得漂亮、腦筋好，工作又能幹。身為一個社會人士我很尊敬妳。但是跟妳在一起，我沒辦法好好放鬆。放假的時候，妳也滿嘴都是工作吧。」

「因為我們在同一間公司啊。」

祥子開始有些心虛。她很早之前就隱約察覺到這一點。約會時跟他提到公司人事和開發案件，他總會微微緊抿嘴唇。這是他遇到討厭的事時常有的習慣。儘管如此，祥子依然沒有停下。她工作很順利，還冠上了個與自己能力並不相稱的頭銜，但就算如此，並不表示她對一切都感到滿足。她很想把堆在心裡的事都化為語言，一吐為快。

「假日的時候我不想談工作。」

「那你就告訴我啊。」

「說了又能怎麼樣呢？車子的油門會有一段緩衝距離，突然踩下去也不會馬上加速。但妳這個人卻沒有這段緩衝。我討厭妳這種個性。」

祥子頓時語塞。討厭。這兩個字給了她重重打擊，否定掉她的一切。

「我希望把工作和休假分清楚。工作時我會全心投入，但是休假的時候我也希望能盡可能放鬆。可是跟妳在一起就無法這麼做。我舉個例子吧，只是舉例喔，假如我跟妳結婚了，妳願意辭掉工作嗎？」

「當然不可能。」

「我並不是說女人應該走入家庭，我覺得男人做家事也無所謂。但是我自己不打算辭掉工作。既然如此，只好讓將來要成為我妻子的女人走入家庭了吧。」

「你這只是男尊女卑的想法吧。」

「我剛剛不是說過了嗎，我覺得男人也可以走入家庭。也有很多這種類型的男人。如果本人有這種希望，那並沒有什麼不好。但我不一樣。我自認為這並不是男尊女卑的想法，但如果妳這麼想，或許真的是這樣吧。」

真搞不懂他在說什麼。不，其實自己很了解。因為自己跟他完全是同一類的人。喜歡工作，希望出人頭地，不討厭冒險。

「那你為什麼不辭掉工作？」

「因為我喜歡工作。」

「我也是一樣啊。」

「所以我們兩個不合嘛，因為個性太像，所以反而不合。」

「結果你只是想要一個能處處配合自己的女人嘛。」

「妳為什麼要這樣說話呢？」

「算了。你除了狡辯還能說什麼。爛透了。」

接著她站了起來。她很後悔把心裡所想的都一股腦吐了出來。男女關係是對等的，由誰來提分手都無所謂。如果對方的心已經不在，那就應該接受這個事實。她心裡一直這麼以為。不過一旦真的面臨這種局面，情緒還是會先衝在前頭。

在電梯裡感受著背後前男友的氣息，祥子想起了一切。當時離開那間店後，她快步走在馬路上，接著她奔進附近一棟商業大樓，走進女廁。直到關門之前她都強忍著，但終於到了極限。淚水不斷湧出。整張手帕都溼透了。

叮！鈴聲響了。電梯來到二十七樓。

「請。」

她輕輕低下頭，他……前男友出了電梯。這次也一樣，只有祥子一個人被留了下來。

下午開始有場會議，負責執行這次專案的是跟她同時期進公司的矢部達也。

「明天我會安排會議，雙方都預計有五個人出席。出席名單請確認附件。」

她看了附件。對方的出席名單上第一個列出的是部長頭銜，而我方則是部長代理。論資本規模和歷史，也就是公司的等級來說，是對方佔上風。對方派出部長，我方卻由部長代理出席。這可不行。

「請問——」

祥子舉起手。請說。矢部請她發言。當祥子指出這個案件的準備功夫不足時，矢部的表情頓時有些僵硬。

「還有關於明天的會議，對方有部長出席，我們如果沒有派出對等地位的人，這樣雙方立場不太平衡吧。」

「我已經事先知會對方，這次無法由相等地位的人出席，對方也私下表示同意。我想應該沒有問題。」

矢部結婚的對象是個很老實的女人。她很快就懷了孩子，走入家庭成為專業主婦。男人到最後都一樣。嘴上說得多麼寬容體諒，最後還是選擇願意為自己犧牲奉獻的女人。像我這種人，根本就不在考慮範圍之內。

「我指的不只是這次。如果平時的因應沒有做好，一旦我們希望對方幫忙，對方很可能不願意回應。該盡的禮數還是應該做到吧。」

「這星期的會議已經滿到極限了。難道都築小姐認為就算不顧工作進程，也應該先盡到禮數嗎？那妳實在太短視近利了。」

她心裡一陣惱火。既然這樣就徹底來辯論一番啊。會議氣氛當然會一發不可收拾，但誰管你那麼多。不過這時統括部長插了進來，提出一個妥協的方式。既然上司都刻意費心打圓場，祥子也只能讓步。

她將十圓硬幣一個一個丟進自動販賣機。銅板哐啷作響。九十圓的熱咖啡。她怕胖，但是又承受不了壓力，總忍不住按下砂糖增量的按鈕。拿著熱紙杯，坐在休息室的椅子上。

仔細想想，剛剛也不需要那樣咄咄逼人。既然矢部說已經獲得對方首肯，就表示他事先交涉過了。

咖啡很甜。自動販賣機真是方便，可以隨自己喜好加糖，還能加牛奶。而人生可沒有砂糖增量、牛奶增量的按鍵。

是不是該向矢部道歉呢……。

雖然心裡這麼想，但是她不知道該怎麼道歉才好。今天早上不小心見到前男友，就是一切的元兇。她把當時心中的焦燥都發洩在矢部身上。就在她思考著該怎麼道歉時，手機裡收到一封簡訊，是朋友良美傳來的。這讓她的注意力得以暫離工作，鬆了口氣。但那封簡訊裡卻附了嬰兒照片。什麼嘛，難道是刻意在挖苦一個單身沒男友的女人嗎？

發訊者馬上就打了電話來。

她們兩人讀同一所大學、同一個科系，上同一門研究課，也進了類似的公司上班。只不過對方已經結婚離職了，現在正專心在帶孩子。

「看到了看到了，是妳的小孩吧。」

「現在七個月了。」

「真好，看起來好幸福喔。唉，我卻一天到晚都有煩不完的事。」

這些話自然而然地說了出來，宛如在求救一樣。

良美也發現了。

「怎麼了嗎？」

「工作上出了點問題。不小心撞見前男友，搞得我心情很糟，然後把情緒都發洩在不相干的同事身上。」

「妳跟前男友同一間公司啊？」

「對啊，而且人家現在可發達的不得了。」

呵呵。良美笑著。

「妳到底是因為沒留住他不甘心，還是因為在公司的競爭輸給他不甘心？」

「這問題很難回答。」

可能兩者都是吧。她腦中想起嬰兒的照片。

「好羨慕妳喔。」

「喔，為什麼？」

「妳找到一個那麼體貼的先生，現在也生了孩子，十足是個好太太了啊。」

「也是，或許是這樣沒錯啦。」

良美沒有否定，但是語氣聽起來卻沒什麼精神。

「幹嘛啦，妳現在可是勝利組耶，應該要更驕傲神氣一點啊。」

「我才羨慕妳呢。」

「羨慕我，為什麼？」

她正覺得這句話似曾相識，原來是剛剛兩人已經有過的對話，只是現在說話的人對調了。

「其實我還想繼續工作，在家裡一天到晚跟女兒兩個在一起，覺得好像跟世界隔絕了一樣。我先生總是很晚回家，我知道他工作很累，也不能對他抱怨。」

「為什麼不行？養孩子是兩個人的事啊。」

「不行啦，絕對不可能的。」

學生時期的良美很活潑，她參加許多社團，戀愛生活也很精彩豐富，算是百分之一百二十享受著人生。

「那妳就去工作啊。依妳的經歷，一定找得到願意用妳的公司。」

「我先生不會答應的。」

結果兩個人也只是互相發發牢騷。而這些牢騷並沒有解答。儘管如此，聊了這麼多，精神似乎好了些。

「唉，我會加油的啦。」

「我也會。」

「祥子，謝謝妳聽我說話」

這是良美發自內心的道謝。話是不是真心，很容易感受得出來。祥子心裡一陣感動。儘管身處的地方完全不同，但我們還是朋友。或者應該說是戰友。

「我才要謝謝妳呢。」

啊，好緊張。但她還是一副若無其事的樣子，走近矢部。祥子跟前男友分手、矢部結婚之前，兩人交情還算不錯。畢竟是同一年進公司的。

好，該怎麼開口呢？

良美寄來的孩子照片突然浮現在她腦中。矢部很疼愛他女兒，就拿這當話題吧。再說，就算不打任何算盤，嬰兒的照片本來就很可愛。矢部的孩子長什麼樣子呢？

「怎麼了？」她對這個正抱著頭的同事說。

不如幫矢部分擔一些工作吧。有些事，只有自己這種單身沒男友的女人才辦得到。

糯米丸子

材料

糯米粉——三百公克

熱水——二百五十cc

砂糖——一小匙

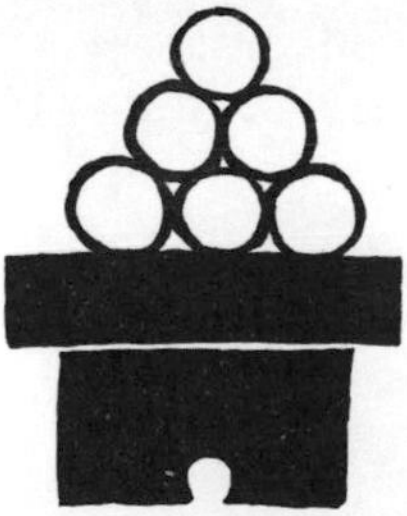

離開家時，妻子知子對他說。

「今天九點之前要回來喔。」

矢部達也一邊穿鞋一邊想。今天是……九月二十五日。不是結婚紀念日，也不是女兒菜月的生日。知子生日在八月，他才剛送過禮物。說不定知子交代了什麼而自己卻忘得一乾二淨？

最近實在太忙，雖然如願加入新專案很值得開心。不過工作比想像中還繁雜。自從敲定和大型通路商的交易後，他幾乎每天都過著匆忙趕搭末班電車的生活。

穿好鞋，達也帶著可能會惹妻子不高興的心理準備問道。

「有什麼事嗎？」

「對啊。」

不過知子卻顯得很開心，呵呵地笑了。

「等你回來就知道了。」

「喂，這樣很可怕耶。」

嘴裡這麼說，他卻暗自鬆了口氣，看來並不是自己健忘。

「不能給我一些提示嗎？」

「你可以跟美麗的妻子、可愛的女兒一起享用令人驚艷的美食。怎麼樣，有沒有很期待？」

「聽不懂妳在說什麼。」

達也苦笑著，離開家門。待會迎接他的是如沙丁魚罐般的擁擠電車，然後是工作、工作，還有工作。啊，今天還得開會。想到行程表就不覺憂鬱了起來。希望今天都築能安分一點。

不祥的預感果然成真。

「我覺得我們對這個案子的準備還不太到位。」

他跟都築祥子同年進公司，兩人都負責企劃，工作內容很像。過去他們是意氣相投的好友。三年前達也結婚後，狀況開始有了變化。登記結婚後，達也馬上就有了孩子。他成為丈夫、成為父親。

同一時期，都築跟交往多年的男人分手。而且聽說是被甩的。對方也是公司的人，還是副社長的人馬。現在實質上打理公司的是副社長，依照慣例，將來社長會把位置讓給副社長。到時她的前男友一定會跟著高升吧。而都築屬於另一個派系，將來反而可能會被冷凍。許多事加在一起，那段日子都築一定心裡充滿懊悔和不甘。兩人同樣都懷抱著野心，矢部很能瞭解她的心情。

自己的幸福和對方的不幸剛好重疊在同一時期，達也很難主動開口找她說話，都築也經常顯得緊繃敏感，不知不覺中，兩人漸漸拉開了距離。

「還有關於明天的會議，對方有部長出席，我們如果沒有派出對等地位的人，這樣雙方立場不太平衡吧。」

現在的都築心裡只有工作上。她說的一字一句，聽來都特別刺耳。

達也忍不住反駁。

「我已經事先知會對方，這次無法由相等地位的人出席，對方也私下表示同意。我想應該沒有問題。」

「我指的不只是這次。如果平時的因應沒有做好，一旦我們希望對方幫忙，對方很可能不願意回應。該盡的禮數還是應該做到吧。」

「這星期的會議已經滿到極限了。難道都築小姐認為就算不顧工作進程，也應該先盡到禮數嗎？那妳實在太短視近利了。」

說了不該說的話。都築狠狠瞪著自己。

統括部長這時出手相救。

「好了好了，別這麼激動。矢部跟都築兩人講的都很有道理。這樣好了，我會先在電話上跟對方打聲招呼。沒事先確認就排行程我也有錯。這一次已經來不及，從下次開始記得安排會議時要注意出席成員的平衡對等。這樣可以嗎？」

既然上司已經出面打圓場，達也和都築也不好再說什麼。

這件事暫且告一段落。

中午知子打了電話來。

「怎麼了？」

「你今天九點以前能回來吧？」

「我是這麼打算的，現在正在專心準備資料。這份資料不完成今天就回不去了。」

「菜月很期待喔。」

「妳還不告訴我嗎？已經賣了很久關子了。」

他左手拿著手機、右手操作著滑鼠。叫出檔案的選單在哪裡呢？

「想知道你就快點回來吧。」

炸彈在下午爆發了。設計草圖遲遲沒到。這麼一來明天也甭開會了。

「我會盡量在今天之內趕出來。」

設計師織部的聲音聽來疲憊不堪。

「晚上十點之前能交嗎？」

「我盡量。」

對方沒說可以，這讓矢部很不安。就算十點真的交出來，要整理成資料可用的形態，至少還需要兩小時。看來不可能在今天之內回家了。知子一定會生氣。菜月會不會哭呢？

就在他覺得束手無策的時候，一個聲音傳來。

「怎麼了？」

竟然是都築。她手裡拿著裝了咖啡的紙杯，站在身邊。

「完蛋了啦。」

他忍不住說了喪氣話。換做是平常，對一個才剛剛激烈交手過的人，是不可能吐露真心的。大概是因為對方來得太出其不意吧。

「到底怎麼了啦？」

「今天早上我太太才交代我要早點回家，可是織部先生的草圖到現在還沒交出來。」

「織部說什麼時候能交？」

「預計十點吧。」

「這樣今天之內絕對走不了吧。」

達也嘆了口氣。

「最近一直很忙，本來打算至少今天早點回家的。我已經很久沒看過孩子醒著的臉了。」

「你真是個幸福的傢伙。也不想想我這個單身沒男友的女人。」

本來以為對方在挖苦自己，不過都築臉上卻帶著笑意。看來這是種自虐式的玩笑吧。

「啊，不好意思。」

「那我替你收織部的草稿吧。」

「啊，可以嗎？」

「反正我單身嘛。」

都築故意裝傻，誇張地攤開雙手。

「工作就是我的男朋友。」

「妳自己手邊的工作也不少吧？」

「所以我今天本來就打算加班啊。既然只是等對方連絡，順便一下也無妨囉。」

「我眼前有位天使降臨！」

達也故意誇張地在胸前交抱雙手。

「實在太美了，妳就是我的天使！」

哼哼。都築得意地挺著胸。

「不過該交的資料你得先準備好喔。到時候我只負責把織部的草圖加進去。」

「是是是，妳說什麼我都照辦。」
「還有一個條件。」
「什麼？」
「給我看你小孩的照片，手機裡應該有吧？」
都築趾高氣昂地命令著。他把行動電話交給對方，都築一張一張看著相簿裡女兒的照片。
「真可愛。」
「也不看看是誰的孩子。」
「又不像你。」
雖然不甘心，但她說得沒錯。菜月長得像媽媽。
「好，那就拜託了。」
看完照片的都築轉身就要離開。達也連忙叫住她。
「妳為什麼願意幫我？」
我們最近這麼疏遠。後面這半句話他沒說出口。

都築停下了腳步。

「剛剛在會議上我說得太過份了，想跟你道歉。」

「也沒什麼好道歉的。」

「我們有一陣子感情還不錯吧？還常常一起喝酒喝到半夜。」

「對啊。」

「我只是突然想起那時候的事。」

都築沒再說更多感性的話，瀟灑地離開了。

製作資料比想像中更花時間，走下電車時已經是十點了。他快步走在夜晚的道路上，一邊傳簡訊給都築。——草稿怎麼樣了？

妻子當然很生氣。

「我請同事幫忙了，但是也得先做好準備啊。」

「菜月都睡了。」

對不起對不起，他頻頻道歉。這不是他第一次爽約。明明是為了養家才努力工作，但是卻因此無法好好陪伴家人。他正覺得沮喪，知子的反應卻讓他很意外。

「我去把菜月叫起來。」

「喂，她不是在睡覺嗎？」

「爸拔都急忙趕回家了。而且一年只有這一次啊。」

「這麼重要的事？」

因為我們是一家人。知子說。

「所有活動都很重要。」

菜月揉著眼睛醒來了。在母親的催促下，她抬起頭。這時，她的表情一亮。

「好大喔！」

達也終於發現。

夜空中掛著一輪大大的月亮。

「請好好欣賞今天的中秋明月。」

妻子促狹地說。

「糯米丸子也準備好了。」

「哇，太厲害了！」

小小的盤子裡裝了許多一口大小的糯米丸子，賞月時吃的。

「我第一次做，這丸子真有趣。麵粉加了水會變得黏答答的，但是糯米粉摸起來卻粗粗的。不過只要不斷地捏，就會愈來愈柔軟。」

就像家人一樣。不，就像人跟人之間的關係一樣。只要不斷不斷地揉捏，就會漸漸柔軟成形。

女兒津津有味地咬著糰子說好吃。達也也吃了。在渾圓的月亮下，全家一起笑著。月光照亮著彼此的臉。

妻子和女兒睡著之後，他打開行動電話確認，都築回傳了簡訊。

「織部的草稿來了，爸爸請安心伺候家人吧。」

達也苦笑著，輸入回應，他猶豫了一會兒，最後加上這麼一句：

多謝妳了，我的同期戰友！

椰汁咖哩

材料

洋蔥　大兩個
紅蘿蔔　中等大小一條
馬鈴薯　中等大小兩個
雞肉　二百公克
咖哩粉　二十公克
馬薩拉粉　一小匙
椰汁　三大匙

「那就拜託妳看家了。」

說著，媽媽站在玄關，左手提著袋子。是個上面有大大LV標誌、深怕別人沒看見商標的包。她覺得拿名牌包很丟臉，但並不打算多說什麼。反正是媽的喜好。

濱田梨江只是點點頭。

「我會好好看家的。」

「沒問題吧？」

「沒問題啦，只有三天而已。」

對，沒什麼大不了的。自己已經十七歲了。而且偶爾她會覺得，母親比自己還幼稚。經常買些無聊的雜貨，也常常一時心血來潮去上什麼瑜珈和皮拉提斯，但總是三分鐘熱度，做事很沒定性。異性關係也是一樣。明明都四十多了，為什麼還是經常被男人耍得團團轉呢？

梨江的父親很早就不在了。母親說父親已經過世，不過梨江並不相信。

「飯我已經做好了。反正是咖哩，第二天、第三天也很好吃。吃膩了妳就隨便買些自己愛吃的吧。」

「吃咖哩我不會膩的。」

「想打電話就打，不用客氣。」

「那當然，有什麼好客氣的。我們是母女耶。好啦，妳快走啦，飛機要飛走了。」

最後，她像把小小孩送出門一樣，推著母親的背。門砰地一聲關上。家裡剩下梨江一個人，她的嘴裡吐出一口長長的嘆息。

終於剩下自己一個人了——。

她並不討厭媽媽，但偶爾就是會覺得對她很不耐煩。她很期待媽媽出差。從今天開始，可以一個人自由自在渡過三天。回到客廳後，望著空蕩的空間。她試著說。

「我愛做什麼就做什麼！」

她的心情很自由。帶男孩子回家也無所謂，還可以在客廳正中間做愛。但可惜的是，現在的梨江沒有交往對象，沒有男人能帶回家。她也想過找女生朋友回家，但是，一想到要約誰、不約誰，又漸漸覺得麻煩了起來。就這樣拖拖拉拉，在沙發上看著漫畫，不知不覺就睡著了。

醒來時已經是凌晨，窗戶外泛著微光。走近窗邊，看見點著燈的彩虹大橋。

嗯，這景色確實很有現代風情。

也真的很美。

梨江和母親住在靠近東京灣岸的高層華夏。

暑假之前，班上同學小畑五月問過她住在哪裡。他名叫五月，不過其實是個男生。參加足球隊，背號七號。長相端整，個性也很開朗，班上有兩、三個女孩都喜歡他。

「我住台場。」

她老實地回答。那時五月好像說了：「好炫喔。」

為什麼會跟五月兩個人單獨相處呢？

梨江抱著抱枕坐在沙發上，開始挖掘自己的記憶。她記得那是在黃金周假期之前吧。當時手裡的包包很沈重，應該是期中考的時候。從學校回家的路上。

五月從身後叫住了她。

「喂，梨江。」

轉過頭，是牽著自行車的五月。

她跟五月的感情並沒有特別好。她也不討厭五月，只覺得對方是個很帥氣的男孩子。但她沒有想積極接近對方的意思。兩人從國三開始同班，彼此總是以名字相稱。

「等一下，我們一起回去吧。」

拒絕對方也很奇怪，梨江依言在原地等待，跟追上來的五月一起走著。兩人聊了許多，聊音樂，聊速食。

「我還是覺得 Freshness Burger 最好吃。」

「摩斯比較好吧。」

「啊，到底哪裡好。」

「醬料啊，還有店面的感覺。」

「Freshness 感覺比較高級吧。」

「我比較喜歡摩斯。」

她可以清楚回想起當時的光景。那時候梨江舉起了手，就像在宣誓一樣。

「我堅決抗議。」

「啊，為什麼？」

「摩斯絕對比較高級。」

「我也要抗議，一定是Freshness比較好。」

「是摩斯！」

「是Freshness！」

「是摩斯啦！」

她既不喜歡、也不討厭對方，但是跟一個帥氣的男孩子單獨相處，讓她有點難為情。心一直撲通撲通地跳。也不知為什麼，她無法直視五月的臉。就在那時候，對方開口問了她，住在哪裡。

「我住台場。」

老實回答之後，五月身子往後縮了縮。男孩子真有趣，動作總是格外誇張。

「好炫喔。」

「有什麼好炫的？」

「妳之前住南千住吧？」

「今年剛搬家。」

「哇，那怎麼不告訴我，妳真是發達了耶。」

「發什麼達啦。」

「從南千住搬到台場，這不是發達了嗎！」

五月高聲主張。

她知道五月想說什麼，但梨江只是敷衍地笑了兩聲。畢竟，自己住在南千住的時間比較長，對那個地方也有深厚情感，聽到別人這種貶低的說法，心裡不怎麼愉快。

「妳家該不會看得到彩虹大橋吧？」

「看得很清楚啊。」

「根本是 hi-so 嘛。」

「什麼意思？」

「Just a high society。」

從國外回來的五月英文發音很標準。她沒有從五月本人口中聽說，不過梨江知道五月的父親在大貿易商工作，經常往來世界各地。真正活在上流社會中的應該是五月吧。

「你比較厲害吧。」

「喔，為什麼？」

「從國外回來聽起來就很帥啊，又會說英文。」

「唉，妳不知道啦。」

五月的表情顯得很沒勁，虛弱無力地揮揮手。

「其實我什麼都半調子。」

「什麼意思？」

「我雖然會說英文，但比不上那些母語者。妳看，我講話還是會有口音。但是我的日文說得也不夠道地，很多漢字都不會寫。英文成不了母語者、日文也不上不下。這很糟耶，我心裡緊張得要命。」

「喔～」

她曖昧地點點頭，心裡其實也有同感。之前在老師拜託下，他們碰巧一起修改講義。她發現五月不認識「裝飾」這兩個字。當他問起梨江裝飾這兩個字該怎麼唸時，梨江很驚訝。本來以為對方在開玩笑。五月頭腦很好，數學和英文的成績都是學年頂尖水準，而這樣的他竟然念不出「裝飾」。梨江覺得很不解，但五月似乎感到更困惑，而且也很難為情。

「還有，其實我待在亞洲的時間比較長。」

「什麼意思？」

「我在瑞士住了一年、美國三年、泰國四年、中國一年。老實說，我英文說得也不是很標準。」

看到他那難為情的表情，梨江不忍心地開了口。

「我還是很羨慕你啊。」

「有什麼好羨慕的？」

「你從小就可以去那麼多國家。像我，老待在日本，就算像擰抹布一樣把我這個人擰乾了，擠出來的也只有日本。」

「泰國料理我很有把握喔。」

五月笑了。似乎想要緩和這太過嚴肅的氣氛。

當然梨江也笑了。

「是喔，有什麼祕訣？教教我。」

「很簡單啦。」

只要加椰奶就行了。五月說。

「這樣就很好吃了。」

「就這樣？」

「真的啊。不管是咖哩或者中式的湯，只要加進一點椰奶就會變成泰式口味。但是真的只能加一點。加太多就會太膩，味道也會很奇怪。」

她喜歡吃咖哩，非常喜歡。但是到了第二天晚上還是有點膩。她在鍋前沉吟著。這時，她想起了五月那句話。

椰奶——。

附近有間賣進口食材的店。套上薄外套，雙手插在口袋裡，梨江出門去。椰奶意外地便宜，才兩百七十五圓。拎著只放了一個罐頭的購物袋，梨江回到家裡。大概是夜深了，風也更強。空氣裡有些海的味道。

咖哩還剩了一大堆，她滴了些椰奶進去。依照五月的建議，只放了一點點。白色椰奶混入咖哩裡的樣子，有那麼一點情色的味道。

「啊，真好吃。」

梨江試了試味道，低聲說道。吃起來好像完全不同的料理一樣。味道濃醇，層次卻更加分明。她也動了腦筋，加進廚房架子裡剩下的馬薩拉粉這種印度香料，咖哩變得更好吃了。口味真道地。她吃得比平常更多。心裡滿腔感動，她衝動地打了電話給五月。

國中畢業時他們曾經交換過電話號碼和電子郵件。

「喔，是梨江啊？」

五月顯得很狐疑。聽到他的聲音，梨江也遲疑了起來。

「啊，對。」

「怎麼了？」

「我照你教我的，加椰奶在咖哩裡面，之前的吃膩了。」

自己到底在說什麼？說得亂七八糟，對方怎麼可能聽得懂。

但五月笑了。他聽懂了。

「結果怎麼樣？」

「很好吃，吃起來感覺很道地！」

「對吧。味道是不是完全不同。」

「不一樣不一樣。真的很好吃。」

在那之後，他們又聊了很多。聊學校、聊音樂、聊連續劇。說出口的話馬上又全部消失。聊著聊著，梨江心裡忍不住想。如果開口約五月，他會來家裡嗎？兩人獨處的時候，她總是心旌動搖。還能夠再嚐到一次那種感覺嗎？

客廳現在空空蕩蕩的。不管做什麼事都不會被發現。她想起加在咖哩裡的椰奶。

媽媽今天還不會回家。

香檳

材料

香檳　適量

下班後，在站前的星巴克喝著咖啡，行動電話響了。植村京子打開皮包，想拿出手機。那是黑色的Coach包。包形很漂亮。這是三星期間前他買給自己的，從那之後她就一直用這個包。標價是七萬五千圓。京子當然看過了標籤，澄田先生只是跟在後面而已。剛認識時，她以為這個人應該是故意擺闊。那是因為當時自己還不了解他。後來她漸漸知道，不是那麼回事。對一個有白金卡的人來說，一萬兩萬的價差根本沒什麼。後來她偷偷在網路上查了白金卡的年費。嚇了一跳。而且這種卡他身上不只一張，有好幾張。京子的包包、外套，只消幾張卡的年費就足夠支付了吧。

會是誰呢——。

手裡拿著行動電話，她腦裡猜想著。是新一？還是澄田先生？自己到底希望是誰打來的電話呢。喝了一口咖啡，才終於看了液晶畫面一眼。是新一打來的。畫面上只顯示新一兩個字。她把行動電話放在耳邊，傳來那個熟悉的聲音。

「唉，終於結束了。」

兩人已經在一起很久，光聽聲音京子就知道他現在是放鬆還是緊張。如果說話方式像在發牢騷，表示進行得很順利，嘴裡碎念只是因為疲倦罷了。假如情緒突然變得高昂，表示結果相當理想。儘管有些小癖性，但這個人個性很直率。他外表看來放浪不羈，似乎是個花花公子，其實為人嚴謹認真。京子發自內心尊敬他，不論以男人或者一個人的角度來看都是。

「怎麼了？」

「沒有啦，突然被叫去負責簡報，我根本沒心理準備，嚇了一跳。」

「沒有事先決定由誰報告嗎？」

當然有啊。他說。

「可是，那傢伙突然塞在車陣裡，無法準時到。沒辦法，只好由幫忙他製作資料的我來代打。」

「結果怎麼樣？」

「馬馬虎虎啦。」

他話說得簡單，但京子知道，他的馬馬虎虎很可能是接近完美。

「那你老闆怎麼說？」

「他誇了我。」

看吧，果然沒錯。

「後來他還請我吃飯。」

「那這下你能升官了嗎？」

「誰知道呢」

兩人嗤嗤笑著。這是只有京子和新一兩人才懂的笑話。實際上，新一雖然排在晉升隊伍中，但是往後兩年看來都沒機會往上爬。現在是累積成績的時候。新一有一次自虐地發牢騷，京子也順勢開他玩笑，從那之後，升職這件事就成為他們笑談的話題。對新一來說或許是個嚴肅的問題，但正因為如此，才想把這件事拿來當笑話講吧。也因為兩人交往夠久，京子才能瞭解他這些心思。

沒錯，比方說——。

或許是今天、也可能是明天，一起外出的日子他可能會開口求婚。最近這種氣氛逐漸濃厚。他們兩人都已經在心裡認定彼此。但京子心想。為什麼我還是這麼搖擺不定呢？

跟澄田先生見面是在某位畫家的展覽上。最後一天有慶功宴，京子在朋友邀請下赴會。會場很小，但沒有太多客人。由此就能看出這位畫家的未來、或者現在所受到的評價。京子一方面暗自覺得殘酷，同時拿著香檳杯四處逛。一個男人站在某幅畫前。京子站在他的稍後方，看著同一幅畫。其他畫作都是普普藝術風格，只有那幅是油畫。畫布上堆滿了油彩。畫的到底是樹、還是岩石，或者是河川呢？連描繪的對象都看不太出來。不過，這畫具有訴說的力量。之前的畫作她看了只是微微點頭走過，但心並沒有被打動。可是現在，她卻隱約感覺到莫名寂寞、卻又莫名幸福。

「妳覺得怎麼樣？」

那男人突然轉過頭來問道。年紀大概是四字頭的尾巴，或者五十出頭吧。頭髮已有一半花白，眼神很銳利。

「我認為這是最好的作品。」

「妳也這麼想嗎？」

對方直盯著自己。她知道不能用曖昧的話語敷衍這個人。

「之前的畫都不能打動我的心。」

「但是這幅畫卻可以。」

「沒錯。」

「我覺得非常好。」

他後退幾公尺，再次望著整幅畫。右手拿著香檳杯，輕輕交抱著雙手。杯中細緻的泡沫往上浮起，又瞬間消失。

他轉過頭來問道。

「妳知道這幅畫是什麼時候畫的嗎？」

「不清楚。」

「猜猜看吧。如果誤差不到五年，我就請妳喝杯更好的香檳。」

在她思考之前，嘴巴擅自先脫口而出。

「我覺得是年輕時的作品。至少十年之前，可能是二十出頭時畫的吧。」

「好眼光。」

他笑了。接著，他將視線移到貼在畫下方的解說牌。上面記載的確實是十年之前的日期。

「當時的他很有才氣。」

「沒錯。」

「但是現在已經沒有了。工作愈來愈多，已經不知道把才氣忘在哪裡了。」

「對。」

京子點點頭。他略偏著頭，仔細端詳起京子。那眼神相當可怕。

「我想聽聽妳的意見。」

京子心想，這是對方給自己的考驗。不能靠狡猾的詭辯脫身。不管有多麼稚嫩不成熟，如果不把自己所感受到的原封不動說出來，這個人是不會滿意的。

「我想應該是因為工作增加的關係。其實我也是輾轉聽來，不知道是不是真的，但是聽說他接了很多瑣碎的工作。」

「沒錯。」

「我覺得那也不是壞事。當然這麼一來勢必會比較忙碌，不過那也是種機會，大可勇敢去挑戰。可是他卻——」

這句話的後半段由他接了過去。

「他卻沒有挑戰。」

「對。」

「我不認為接小工作是壞事，畢竟人都得養活自己。但是身為從事創作工作的人，再小的工作都應該帶著貪婪的企圖心來面對、來迎戰。老是反覆拿抽屜裡原本的東西來用一點意思也沒有。靠創作吃飯的人，就得有製造新抽屜、再塞滿這些抽屜的氣概才行。」

如果這只是一般的評論，或許京子只會聽過就算了。但是他說得極其熱切，甚至帶著一股憤慨。

澄田，他自己報上名號。澄田俊。

京子接受了他的邀約，在附近的酒吧裡喝了一會兒。如同約定，澄田請了她高級香檳。回家的計程車錢也是由他付的。他給了司機一張萬圓鈔票。之後，他們每個月會見兩、三次面。

當然，新一並不知道這些事。

本來覺得今天應該能跟新一見面，但是他好像要直接去慶功宴。一心以為要見面的京子，情緒上有點撲了空的感覺。今天乾脆別直接回家，在外面吃晚餐好了。但她就是不想一個人進餐廳吃飯。還舉棋不定時，接到澄田先生的電話。京子腦中浮現前輩說過的一句話。關鍵在於時機，時機決定一切。

「今天要不要去喝一杯？」

「好啊。」

這就是所謂的順水推舟吧。

「我今天可以。」

這時他噗嗤一笑。這個比自己大上兩輪的男人，笑聲聽來很可愛。

「什麼叫今天可以。」

「啊？這樣說不行嗎？」

「妳這樣講我開始擔心妳到底是真的開心來赴約，還是勉強自己來陪我。」

「沒這回事，我真的很期待。」

「那就太好了。」

他聲音裡還混雜著些許不安和遲疑。或者那也是一種算計。雖然不知道究竟如何，但確實刺激了京子的心。假如是新一，她可以看穿一切。安心、舒適、習慣。這些雖然重要，不過能像這樣讓自己心神蕩漾的人，也深具魅力。

「澄田先生。」

「什麼事？」

「我也很開心能見到你。」

兩人相約在日比谷一間外資飯店的咖啡廳。用過簡單餐點後，轉移陣地到樓上酒吧，喝了一杯、又一杯。

「電車快沒了。」

「啊，真的呢。」

十一點五十分。

「要不要再喝一杯？」

京子也不是小孩，經歷過不少事。這個時間男性開口邀約的意思，她心裡很清楚。但京子沒仔細考慮便點了頭。就這樣順勢而走。澄田先生點的，是杯高級香檳。

酒杯擺在眼前。

她喜歡新一，深愛著新一。她對新一沒有任何不安，也沒有什麼不滿。但是，為什麼我人在這裡？

到底為什麼？

正要伸手去拿杯子的瞬間，放在包包裡的行動電話接到了來電。她已經轉成靜音模式，不過大概是碰到什麼東西，震動聲顯得格外明顯。應該是新一打來的吧。

「妳不接嗎？」

澄田先生問。

伸手該拿的，究竟是行動電話，還是酒杯呢？

京子一邊思考，一邊伸出手去。

烤雞

材料

雞——一隻
洋蔥——中等大小一個
馬鈴薯——中等大小三個
紅蘿蔔——中等大小一根
香草——適量（迷迭香、百里香、月桂葉）
米——兩杯
高湯塊——兩塊

我房間沒有門。真的沒有。跟學校同學說起這件事，大家都不相信。還有人說，怎麼可能有那種房間。我也有同感。一點也沒錯，那確實不能叫做房間。

我家是新蓋的房子，大概半年前才剛蓋好。好像是請經常出現在電視上的建築師設計的。附近是老舊的街區，只有我家雪白的房子顯得格外醒目。

「來，到二樓去吧。」

爸爸帶我們進了房子裡。

「真由當然也有自己的房間喔。」

「是什麼樣子啊！」

「很時尚，妳一定會喜歡。這是建築師的點子呢。」

說著，我們爬上了螺旋階梯。到底是什麼樣子的房間呢？我滿心期待。爬上階梯後，是一道寬闊的走廊，來到走廊盡頭，爸爸突然開口。

「這裡就是真由的房間！」

「什麼？我的房間？」

「傢具要怎麼擺都隨妳。可以把桌子放在後面、也可以放在前面。」

爸爸看起來很開心，但我完全聽不懂他在說什麼。這裡才不是房間，只是走廊的盡頭。雖然三面都有牆壁隔住，可是前方既沒有牆壁，也沒有門，只垂著一道窗簾，而且那道窗簾還是半透明的。我在房間裡做什麼外面都看得一清二楚。

「可是爸爸，沒有門耶。」

「這就是最棒的地方啊。」

爸爸點點頭，看起來相當滿意。

「這個房子本身就是一個大房間。」

「一個房間……」

「建築師的設計概念是讓全家人融為一體、共同生活的空間，所以刻意不規劃完全隔間的房間。」

我呆站這沒有門的房間前。什麼全家融為一體、共同生活，根本只是漂亮的空談。這是一個零隱私的家——。我憤憤地替我家取了這個名字。一想到要住在這種地方，就忍不住嘆氣。

今年的聖誕夜是星期一，剛好休假，因為星期天是國定假日，所以星期一補假。之後緊接著放寒假。難得的聖誕節，我卻在沒有門的房間裡念書。等到新的一天開始，馬上就開始私立國中的入學考。牆壁上貼著明年的月曆，上面密密麻麻寫著應考的日程。當我精神不錯時，看著月曆會告訴自己要好好加油，可是精神不太好的時候，就會又緊張又難受。今天的狀況呢，沒有太緊張，也不算太難受。馬馬虎虎吧。畢竟才開始放寒假。

「真由，妳過來。」

傍晚媽媽把我叫去。

「啊，什麼事？」

「妳快過來啊。」

媽媽在樓下。如果我說不想下去，她說不定會上樓來。到時候我和我的房間都會被看得一清二楚。我不喜歡這樣，只好馬上到一樓去。

「怎麼了？」

「妳看，爸爸他今天幹勁十足呢。」

「啊？又怎麼了？」

「他說要烤雞。因為聖誕節快到了嘛。」

「不會吧！烤雞，自己家裡能烤嗎？」

走向廚房，媽媽說得沒錯。砧板上放著一整隻雞。還沒烤的雞看來有點噁心，可是一想到聖誕節能吃到烤雞，我就忍不住興奮了起來。

「爸爸要烤這個啊？」

「是啊，我要烤這個。」

今天的爸爸不是平常那個囉唆的爸爸，他的表情看起來有點像小孩子。

「真由也來幫忙嗎？」

「我可以嗎？」

「妳只要負責妳會的事情就行了。」

「那我試試看。」

我們穿上圍裙，捲起襯衫袖子。看到我們這樣，媽媽嗤嗤笑著。

「那兩位大廚，接下來就拜託你們囉。」

然後她走回客廳去。我很少跟爸爸兩人單獨相處，這讓我有點緊張。

「那先請妳幫忙把這些塞進雞肚子裡吧。」

爸爸拿來的是裝在大碗裡的奶油炒飯。裡面還放了切碎的紅蘿蔔和洋蔥，聞起來很香。

「要把奶油炒飯塞進去啊？」

「其實這是投機的方法，本來應該塞進還沒煮熟的生米才對，但是那樣很可能失敗。所以我決定直接塞炒好的飯。」

「要從哪裡塞？」

「從這裡。」

爸爸指著雞的屁股。哇，果然很噁心，但是一想到烤得金黃焦香的雞肉，我還是忍了下來。

「要塞緊一點。」

「用這個湯匙塞就行了嗎？」

「嗯，可以。」

我塞炒飯的時候，爸爸剝掉洋蔥和馬鈴薯的皮，然後把紅蘿蔔切成片狀。

「已經塞不進去了，還剩好多奶油炒飯。」

「喔，我看看。」

爸爸用湯匙背把塞進雞肚子的炒飯壓緊，又挪出了一些空間。炒飯全部塞了進去。

爸爸的力氣好大啊。

站在他身邊，不禁覺得爸爸好高大。他手臂的粗細大概是我的三倍左右。他用那粗壯的手臂和寬大的手掌將整隻雞翻了過來，然後用牙籤塞住洞。

「真由，把棉線拿過來。」

「棉線……」

「在後面的架子上。」

我把白色棉線交給爸爸，爸爸很靈巧地綁住雞的兩隻腳，再把線交叉勾在剛剛的牙籤上。就像綁鞋帶時穿洞那樣。

「要開始烤了嗎？」

「還沒呢。」

爸爸說。

「如果雞聞起來很香，不覺得會更好吃嗎？」

「會！」

「那我們就讓牠更香一點吧」。

爸爸拿來一堆像雜草一樣的東西，但聞起來真的好香。這些好像叫做迷迭香、百里香，還有月桂葉。他把這些草在雞的身體上摩擦，然後將紅蘿蔔、洋蔥，還有馬鈴薯排在烤箱的烤盤上。再把綁好的雞放上去。烤箱已經先預熱完成，溫度竟然有兩百度。

「好，要烤囉！」

「好！」

「幫我設定計時器，要烤六十分鐘。」

「要這麼久啊！」

我還以為馬上就能吃，真是的。

「因為這肉很大塊啊。」

「我以為兩百度應該一下子就烤好了。」

「我們可不能悠閒地坐著等喔。每十五分鐘要替雞表皮塗一次橄欖油。要是偷懶，雞皮就會破掉、變得不好吃了。」

雞在烤箱中慢慢烤熟。我和爸爸並肩坐下，盯著雞烤熟的過程。烤箱裡的火燒得很亮，我的臉和爸爸的臉，都映照著紅色的亮光。

「為什麼突然想烤雞？你以前從來沒做過啊？」

「因為以前家裡沒有瓦斯烤爐啊。我當初蓋這棟房子時堅持一定要有瓦斯烤箱，就是因為想親自烤雞。」

「喔？」

「我看美國的小說裡，經常會出現一家人團圓吃烤雞的情景，一直很嚮往。」

「啊，快十五分鐘了。」

「該塗橄欖油了！爸爸來塗、還是真由想塗塗看？」

「我想塗塗看。」

我用毛刷仔細的幫雞塗上橄欖油。

「聞起來好香喔。」

「對啊，好像很好吃。」

我和爸爸一直坐在烤箱前。一邊看著那漸漸染上金黃褐色的雞一邊聊天。我們沒有聊補習班或入學考的事，而是講起爸爸小時候的事，還有我們全家一起去牧場時的事，然後我們都開心地大笑了起來。

「好，我要開始分囉！」

爸爸得意地說著，手裡拿著大叉子。我和媽媽在一旁拍手。

「爸爸的夢想終於實現了。」

「對啊。但是我擔心自己能不能分得好。在美國，能不能把雞漂亮分好，可是男子漢的證明呢。」

「爸爸，你要加油！」

大概是因為餐桌上放著金黃的烤雞，我們比平常更多話。

整個家充滿著香氣。這香氣一定也傳入了我那沒有門的房間裡吧。我雖然一點也不喜歡那個房間，不過有個瓦斯烤箱的廚房好像還不賴。看來，這個世界上也不全是令人討厭的東西。我從來沒想過，自己竟然會做烤雞。下次見到朋友一定要好好炫耀一番。而且，我也很久沒跟爸爸像那樣一起聊天了。

爸爸分雞肉的時候有點失敗，好不容易烤好的雞肉被他切得亂七八糟。不過裝在盤子裡的雞肉和蔬菜看起來還是很好吃。

「好，開動吧！」

爸爸的一聲令下，我正要伸手去拿刀叉，媽媽阻止了我。

「等等，還忘了一件重要的事喔。」

咦？什麼事？

看到瞪圓了眼睛的我和爸爸，媽媽說道。

「今天是什麼日子？」

啊！對了。還有這件重要的事。

「聖誕快樂！」

我們一家人齊聲大叫。

原載於「新刊展望」二〇〇七年七月號～二〇〇九年六月號連載，原題為「家飯」。

PLP0043

今日的佳餚

作者—橋本紡
譯者—詹慕如
編輯—黃煜智
校對—蔡于瑩
行銷企劃—廖婉婷、李昀修
封面設計—廖韡
內文插圖—木野聰子
內頁設計—李宜芝
董事長—趙政岷
總經理
出版者—時報文化出版企業股份有限公司
10803 台北市和平西路三段 240 號四樓
發行專線—（02）2306-6842
讀者服務專線—0800-231-705、（02）2304-7103
讀者服務傳真—（02）2304-6858
郵撥—1934-4724 時報文化出版公司
信箱—台北郵政 79 ～ 99 信箱
時報悅讀網—www.readingtimes.com.tw
電子郵件信箱—ctliving@readingtimes.com.tw
思潮線臉書—https://www.facebook.com/trendage
法律顧問—理律法律事務所 陳長文律師、李念祖律師
印刷—勁達印刷有限公司
初版一刷—二〇一六年八月十九日
定價—新台幣三〇〇元
⊙行政院新聞局局版北市業字第八〇號

國家圖書館出版品預行編目資料

今日的佳餚 / 橋本紡著；詹慕如譯 . -- 初版 . -- 臺北市：
時報文化, 2016.08
面； 公分

ISBN 978-957-13-6741-5(平裝)

861.57 105013644

ISBN 978-957-13-6741-5
Printed in Taiwan